周菡莛 著

江南无所有

Jiang Nan
wu suo you

上海文化出版社

图书在版编目（CIP）数据

江南无所有 / 周菡莛著． — 上海 ： 上海文化出版
社，2023.8
ISBN 978-7-5535-2807-6

Ⅰ．①江…Ⅱ．①周…Ⅲ．①散文集—中国—当代
Ⅳ．① I267

中国国家版本馆 CIP 数据核字（2023）第 158022 号

出 版 人　姜逸青
责 任 编 辑　吴志刚
　　　　　　王茹筠
装 帧 设 计　长 岛

书　　　名：江南无所有
著　　　者：周菡莛
出　　　版：上海世纪出版集团　上海文化出版社
地　　　址：上海市闵行区号景路 159 弄 A 座 3 楼　201101
发　　　行：上海文艺出版社发行中心
　　　　　　上海市闵行区号景路 159 弄 A 座 2 楼　201101　www.ewen.co
印　　　刷：苏州市越洋印刷有限公司
开　　　本：880×1230　1/32
印　　　张：6
版　　　次：2023 年 8 月第一版　2023 年 8 月第一次印刷
书　　　号：ISBN 978-7-5535-2807-6 / I·1085
定　　　价：48.00 元
告读者：如发现本书有质量问题请与印刷厂质量科联系 T：0512-68180638

序一：江南闺秀夜吟哦

　　初读周蔺莛的文字，不必去看简介，你就知道她是一个江南闺阁中的婉约才女。这种文字简约、文静、素雅且隽永，只属于江南这一方水土。其他的地方不出产这种韵味的，或者说想学也学不来的。她写身边的风物、亲人、往事，所见所闻所感所忆均亲切鲜活，清新可喜。就像镜像里的水墨画，却又声色具备。

　　这样的文字，在她书稿中俯拾即是：

　　夕阳西下，在被雁阵剪碎的满天霞光里，他们组合成一曲焦墨挥洒的古琴谱，谱上乌黑深刻地记载着每一种耕耘人生的辛劳与每一厘艰难潦草的日子，哀婉久绝。

——《云中谁寄锦书来》

　　二十四番花信风，楝花风是最后一种，她像一只曼舞的银色喇叭，在盛宴里吹奏着一曲暮春的赞歌。我踏着柔软的土壤，风弄蜻蜓，山雀高歌，满地清香的楝花雪，好像湖边的浪穗般软，楝花在泥土之上又绽放了一次，生命本该灿烂如斯的。

——《苦楝树·绿梅花》

到了夜晚，游了一整天太湖的机动船到底有些疲惫了，它载着一甲板的星光，悠哉而困倦地漂浮在湖上，直到抵达太湖漆黑的睡梦里。月光与船灯一样的清白，珍珠般浑圆地扑落在黛青色瓦般的湖面上。在倒映着月色的太湖里，我看到了蓬松柔软的梨花花瓣在流水里荡漾颤动，好像一道铺满白色鹅卵石的小路。赤脚踩上去，还带有晚霞的燃烧殆尽的余温。

——《记忆里开满梨花》

对于生活的观察入微，体会入理，功夫都在日常。而文本的情景交融，感性与知性合一，则更需耗磨作者的心力精神。从现有文本来看，周菡莄是个有心人，拥有一双慧眼，她有一颗纯真的心灵，也有一支灵动的笔。

文学即人学。文学作品的底色是由作者的情感铺设而就。散文这种文体，尤其是作者人性与情感的赤诚相见，一点也做不得假。因此，在散文作品中，读者可以鉴察，什么叫做立文字之诚。对于普通读者来说，他们主要看到文字内容，而对于专业阅读者而言，他们看到的往往是文字背后的作者本人。周菡莄的文字是本色呈现，好就好在她这个人跟文字高度契合协调，这样的文字是带着温度、带着情感和带着诚意来的。

没有真情之人，写不好散文。她对于周边的人，满怀深情。但这种情感，又具有江南人特有的克制、敛抑特征。尤其对于母亲的绵绵情意，都化入了少女的深刻记忆之中：

母亲领我去桃园里修枝。修枝往往要赶着艳阳高照的大晴天，她穿着蓝胶鞋，头戴油亮的草编斗笠，拿着一柄红皮大剪刀就开始剪歪斜的枝条。母亲干农活很利索，是邻里都夸赞的。那种杀伐果决的架势，颇像沙场上骁勇善战的白马将军。她刷刷就剪掉了弱枝死枝，只留几只长势喜人的小青桃。刚长出来的桃子碧绿碧绿，宛若翡翠雕的梅子。

——《那些桃花盛开的日子》

母亲淘好的米上锅蒸熟，当锅盖揭开的时候，一屋五谷丰登的糯米香升腾起来，好像农民收获的一大车洁白棉花，一样的蓬松柔软。厨房里云雾缭绕，那是谷物煮熟和柴火燃烧的暖香，是寻常人家的烟火气。一盆糯米饭等着穿堂的春风将它们吹凉，像一窝雏鸡在暖阳里等待着破壳而出。美好的事物很值得等待一场春天的照拂。

——《桑葚，酒酿记忆》

人们对于散文有个误解，以为按照《文学史》所定义：除却韵文之外，凡是不押韵的文章皆属"散文"。他们以为，将生活中的琐碎情节、零星感受写到纸面上，便可称为"散文"。其实，一切早已时过境迁。文、史、哲早已各自发展成为独立学科，文学的范畴缩小，定义日益精准，而现代文学概念之上的散文，已经形成较为严苛的文体范式，具有其自身独立的价值标准。尤其是最近四十余年的文学创作实践，由传统散文而发展出所谓"新生代散文""实验性散文"等潮流，文学概念上的散文更与新闻、社科等决裂，分道扬镳，散文的文学性标准日益突出。在散文的情感质量和语言技巧这两端，语言技巧甚至文本形式的要求，日益受到重视。一句话：散文早已今非昔比。这就给散文作者出了一道难题，提出了更高、更为苛刻的要求。周菡莛这部书稿，大部分篇目可以归入散文体裁，也有少量应该归入小说范畴。

文学总是从临近自身生活之处起步。我们不断添蘸岁月之水，努力淬火，给文字按上飞翔的翅膀，让作品慢慢具有了滑翔乃至腾空而起的能力。于是，作者的实践活动便从写作升华为创作，文字从习作演化为作品。这里面有质的不同，很多写作者至老而不能领会。

周菡莛的文字是一个良好的开端，让人看到某种开阔的前景，也随之产生出期待。因为，在她现有的文字中，我已经观察到她反观自身成长轨迹的自觉以及企图打破生活圈层的冲动，积蓄着那种破壳而出的勇气与力量：

再回到我的高中时代，那个我塌鼻子，黑皮肤，戴着眼镜牙套，流着厚重齐刘海的时代。在乏善可陈的高中生活里，我像桃花树苗一样开始发芽抽条，有着灼灼其华的野心。那些关于美的追求是盛开在轻浮俗世里的一朵素白桃花，金属般倔强而纯粹。我越发不满足于现在的容貌，遂开始了对桃面朱唇柔膝的神往。

——《珊瑚耳环》

这家什么都卖的杂货铺就开在几栋居民楼前，这是个叫金溪新村的老小区，悬挂着蓬乱火线的电线杆压房而过，上面还筑着几巢树枝旁逸斜出的鸟窝。火柴盒般拘谨的楼房，一年四季散发着酸臭味的垃圾场和慢慢老去的人，这里的一切都是老的。所以虽然异军突起的生鲜超市已经遍布整个城市，住在这里的人们仍然选择走下楼，亲自去菜市场或者超市买一日所需，总觉得这样比较安心。

——《花好月圆》

这里是阿尔卑斯山脉的最高处，夏蒙尼·勃朗峰。大风吹来，看到肥壮的黄色雪兔在黄岩芪和铃铛花的草丛里跳跃，咀嚼牧草的牛抬起奶白头颅，像小青草迎接一场甘霖，而穿着粉色始祖鸟冲锋衣的我也悠哉地穿梭于小径里：每一个过去和现在鲜活的生命都是雄伟奇妙的帝国。拉弗利的小路崎岖多石，山野作物躺在勃朗峰锯齿的脊线上，像肖邦的a大调波兰舞曲那般跌宕起伏，这是一首献给自然的赞歌。路径上肥嫩的青草遮蔽了旅人的行踪与小兽的足印，唯有古老的大岩石上垒着橙黄的小石块——那是先前探索者留下的指路记号。

——《盛宴》

文学是人类反功利的事业。很多事情，是急也急不出来。让我们从容一些，不必焦虑，认准方向，慢慢往前走。不要停步。

记得大约二十年之前，一位著名前辈作家在江苏省青创会上勉励大家时说过：写慢一点，写好一点。然后才是，多写一点。

让我们共勉之。

2023年5月8日

（作者系中国作家协会会员、中国文艺评论家协会会员、江苏省文艺评论家协会理事。无锡市文艺评论家协会主席、《太湖》杂志主编）

序二：人比花娇

凌　鱼

　　回忆往往是不分年龄的，都以为只有年纪大才会回忆过去，其实不然，可能是认识上的误区吧。《江南无所有》便是一本回忆的文字，对于作者周菡莛来说，是令人意想不到的。她的回忆里有故乡、江南、南长街、阳山桃园，有母亲、奶奶、外婆、外公、蒋婆婆、小白、初恋，有炸玉兰饼、柿饼、杨梅烧酒、赤豆汤、青鱼、豆腐花、桑葚……一切的一切，娓娓道来，细腻而又悠长。周菡莛是无锡人，目前还在南京求学，无锡到南京，南京到无锡，距离很短，短到很难生出"故乡"的意象，但是她生生地写出了一个"周菡莛"的故乡，可见，她的内心是丰富的，是多姿而又变幻的，文学的魅力亦在于此。

　　"秋日第一声蟋蟀鸣给孩童的惊喜，大概和一颗成熟的板栗落到火堆里那样，恰到好处。促织声起之时，裹挟着乱蝉嘶鸣的暑气就日渐式微了。孩童们喜欢秋日，广袤的田野母亲刚诞下丰满而金黄的玉米，新煮的玉米羹饭散发出清香气味。果树上结满了带糖霜的火晶柿子，家里从此有了吃不完的柿子，母亲就拿去晒了做成柿饼，能香甜一整个冬天。小院里，还有把指甲染黄的橘子与脆甜的苹果……"这是《一只蟋蟀的秋天》里的文字，干净透亮。周菡莛坐在我的对面，安静得像是没有人，她的笑容很浅，眼睛很亮，我以为她在和我说话，其实基本上都是我在说，周菡莛看似平静的脸庞下藏着一个狡黠的灵魂——她似乎总是在她的精神世界、她构造的文学意象里徘徊，有时在外面，有时在里面。"天上的星星踩上去也是硌得脚疼"《花好月圆》，孙庆眼里的红豆就是那个踩星星的人，即便是知道脚疼的。但是周菡莛说了，那也是没有办法的。这本书大部分是散文，也有几篇小说，颇有实验性，《花好月圆》就是一篇，它有些超出周菡莛自身的经验范畴，却又能看出她愿意尝试去写一些陌生的有诱惑性的人性。《蒋婆婆，我又想吃枣了》《竹叶舟》就容易驾驭得多，忘年交、童年的玩伴到底是她的过去，里面的别离、惆怅是能直击她的内心的。

　　周菡莛的文学意识是具备的，这可能要归功于她的阅读、思考、独处，她应该是喜欢一个人静静地度过一个下午，用文字来记录，来倾听自己的内心的。"看过风景的人，最后都成了风景。"《栖霞枫叶红》，"我甚至不会嗑瓜子，就乱嚼一顿，满嘴油香。"《苦楝树》，"不知道，那些露着白净小腿的女子们冷不冷。"《遥想一丛芦苇》，"母亲大概很渴了吧，她的双唇像歉收的干裂土地，翻着黯然的血色。我细嚼苦瓜般，心里很不是滋味。打开母亲灌满凉白水的玻璃杯，我咬着嘴唇递到她眼前，母亲却摇摇头，她只是用被桃树蹭灰的衣袖草草抹了一把脸，和蔼地对我笑：阿因多喝点水，天热着呢。"《那些桃花盛开的日子》，"一个在城市呆惯的人，心里的清泉会逐渐浑浊干涸，变成水泄不通的柏油马路。不妨到南下塘看一看清澈的河水，荡涤尽疲惫与尘埃。世间除了霓虹灯，还有皎洁的月光。自然山水滋养的人间，才是真的人间。"《南下塘，豆腐花》……这些文字慢慢读来，还是颇有些回味的。倒是她的古诗词的运用，如"赛宝"一般，无不透着她的可爱和执著，想必，从小她便喜欢看书，喜欢读诗，都是渗进骨子里，脱口而出的样子。

当然，周菡莛的文字还略显青涩，但这又何尝不是另一种的美感。我希望有更多的人能读一读周菡莛的文字，感受她书写的精神世界——人比花娇。

2023年5月6日

（作者系无锡市作家协会副主席、无锡市作家协会青年分会主席）

目录

contents

第五辑　花好月圆

第一辑

风物闲美

春夜里的烛火

蛮荒在暴烈的时代，洞穴里发酵的麦子成为了酒，旧石器的人类在摩擦中发现了普罗米修斯偷盗的火，火在蜂蜡与树枝做成的木棍里剧烈燃烧，像发怒了的战神，庇佑华夏文明的生存、发展、繁衍。这是最古老的蜡烛，直至秦始皇时期，蜡烛仍流传着"人鱼膏为烛，度不灭者久之"的浪漫神话。

白蜡在唐朝，是显赫身份的象征，直至明清才进入寻常百姓家，所以"银烛吐青烟"，是一种贵族式的精致离愁。仿佛一个触手可及的春日，朱墙金檐上的雪消融在蒲公英般鹅黄的阳光里。银烛升起袅袅青雾，让人忆起前世寓居的江南农家，老烟囱的炊烟同样袅袅，一袭斗笠蓑衣，斜风细雨里耕种着菜蔬，要历经南朝四百八十场烟雨才能抵达盛唐。

"银烛熏天紫陌长，禁城春色晓苍苍"。烛之光仿佛是一缕季春轻盈的蝉鸣，耳得之而为声，此番为一种清润如朝露的禅境，烛光在清风里和簌簌梨花一同飘下树枝，藕色的花香凝郁起春愁。俯首观之，诗意蔓生。银烛之焰似随波逐流的梨花瓣，在这多情的人间白苹一样沉浮，与春天美好的邂逅终将如燃尽的银烛，如古树砌下的梨花，成为一堆迟暮的香雪。

"银烛秋光冷画屏，轻罗小扇扑流萤"。杜牧这一首诗颇有情趣，银烛招摇，似乎能飘出一畦碧绿的竹蛉鸣来。

银烛清冷，让人想起来淡水湖里的银鱼，不足一寸，透明细腻，素淡里有着薄薄的膏腴之味。与嫩豆腐烹一碗银鱼羹，鲜美滑嫩。银烛淡薄，像荒树之梢涂满的银月光，亦如林黛玉终日颦起的翠眉。"银烛将残，玳筵初散"颇有些开到荼蘼花事了的无可奈何了。纵使良人她青娥皓齿，云鬟花面，却仍被锁在深深的高墙里，岁月不待人。

蓦然想起一首宋词："银烛晓催春漏，珠帘暮卷东风。"这一"催"字用得很妙，大自然接过白牵牛花那纤细的小喇叭，吹响了对春天的祈愿。袅袅东风里，所有的美好都如期而归，匆忙得像赶路的行人。

古时，红色的龙凤喜蜡是新娘的嫁妆，可为姻缘祈福，求得美好的兰因絮果。在短暂的春宵里，红烛宛若一尾锦鲤般赤红的琉璃灯，游离在无垠而暧昧的夜色之中。"何当共剪西窗烛，却话巴山夜雨时"。在茅檐人静蓬窗灯暗的雨夜，婚后的美人独坐小窗前，相思如一川烟草蔓延，蜡烛融化，美人腮边的胭脂泪滴落，都像生于南国的红豆子。物是人非，记忆如同荒寺石墙缝隙里的青绿色苔藓，模糊湿润，只留下一夜芙蓉红泪多。

"只恐夜深花睡去，故烧高烛照红妆"。这是饮醉的苏轼眼里的海棠花。彼时苏东坡仕途失意，谪居黄州。"夜如何其？夜未央，庭燎之光"。夜阑珊时，海棠未春睡，娇媚倾城，仿佛穿着秀禾服的新娘，待嫁心爱之人。良辰美景是值得一盏热情的红烛与一颗惜春的心来欣赏的。

"隔座送钩春酒暖，分曹射覆蜡灯红"。明媚的春光不该被辜负，春风酿一坛如舸的青竹叶，是如同江南春草初生的浅绿色，竹叶酒上桌，酒香四溢，仿佛等来了一场淅沥的如酥细雨，盛唐的轮廓浮上来。雕着花纹的红烛在烛台里熠熠生辉，席间年轻的诗人与达官显贵推杯换盏，杯盘狼藉，尽情享乐。那些漂荡在俗世里的灵魂，都像是盛放如海棠的烛花一样，轻佻而风情万种。红烛替黄昏披上了一身水红的晚霞，花有重开日，人无再少时。就在觥筹交错的春宴，今夜可以不夜。

红烛继续燃烧着，满树的海棠摇落在暮色里，在雨疏风骤的夜晚。飘零一地花的瓣像新酿的杨梅烧酒般撩人。尹鹗言："红烛半条残焰短。"或许他们都在执著地等候着，与一场海棠汛般的春光与爱情长相厮守。

正如今夜像加满了冰块的白朗姆酒，月光是香草与太妃糖的甜，我坐在酒吧的凉台，木餐桌上摆着复古的蜡烛，桃粉色的卤素灯拧成了玫瑰花的模样。春风宜人，那就任由赫本裙与心事被凉风吹起吹散，我微醺地举起一杯粉红果酒，樱桃果汁和酒精暧昧的味道很像是一把带着敌意的玩具手枪，一饮而尽。同样是有蜡烛，酒精与爱意的夜晚，我坚信我的春天正在连绵不绝地醒来。

桂花开了

周敦颐在《爱莲说》中称赞荷之香远益清，亭亭净植。然而我却甚爱桂花树那满街招摇，甜如酥酪的花香，桂子们热闹地如同一坛坛不怕巷子深的酒，熏得游人醉。桂花一团团，一簇簇浅黄着，像阴晴不定的夜晚里，纱窗上黏住的一镰新月之色。那一朵朵米粒大小的桂子，宛若藏在绿叶深处的一盏油尽而晦暗的琉璃灯，在满树葱茏里，颇有金屋藏娇之态。

人闲桂花落，一粒桂花就是一朵蜂蜜般清甜的小铃铛，和淋入人间的秋雨一样空灵清凉，在西风里桂子叮当作响，昭示着秋日到来的盛景。

很喜欢白居易的《忆江南》：江南忆，最忆是杭州。山寺月中寻桂子，郡亭枕上看潮头。何日更重游？桂花树是杭州秋天一道熠熠生辉的风景。秋风挟着桂花香扑鼻而来，在满树深沉浓绿的叶子里，微露出细末的点点金黄，像未出阁小姐的闺名一样珍贵而甜蜜，叫人心生欢喜。中学做过一篇古诗阅读，是杨万里的《木犀》，描摹桂花是绝妙的：天将秋气蒸寒馥，月借金波滴小黄。不会溪堂老居士，更谈桂子是天香。由此我知道，桂花别称木樨，木樨这名字取得好听，眼前隐约有一唐朝丰腴美女，乌黑的云鬓间涂满清亮的桂花油，香得很热闹。取一根连着新叶的桂花枝以为发簪，插入发间，淡雅动人。

《红楼梦》里夏金桂家就是清朝御用皇商，书里说到，"单有几十顷地独种桂花，凡这长安城里城外桂花局具是夏家的，连宫里一应陈设盆景亦是夏家贡奉，因此人称'桂花夏家'"。在古代，桂花乃贵气之花，颇受皇家喜爱。几十顷桂花树！那浓烈的花香该如何马不停蹄地奔涌向帝王将相花团锦簇的后花园，奔涌向士大夫笔下关于晴朗秋天的诗篇里，奔涌下寻常百姓家餐桌上的桂花糕，桂花小吊梨汤，桂花醉蟹里。煮熟的桂花晶莹剔透如琥珀，有淡淡花香点缀着，我一直以为，桂花酱比冰糖还要甘甜。

像一整片鹅黄的雾霭飘浮在西风尽起的秋天，桂花柔软芬芳，有一个成语叫繁花似锦，用来形容盛开的金桂再合适不过了，它宛若一条绣着金丝线的绸缎，华美厚重，宛若千堆卷起的香雪。那是一场被阳光染成黄金色的雪，娇嫩缠绵，吐露着甜美的芳香。虽然我不曾亲往杭州去看满陇桂雨，但仍能够在江南觅得几株桂花树，品桂花美食，顺道吟赏烟霞，写下桂花的赞美诗篇，还是令人心神荡漾啊。

幼时我曾好奇，心想广寒宫里种植的那棵桂花树是否也会飘落星星点点的桂花？嫦娥是不是会将细腻如金的桂子同孤冷的银白月色一道浸酒？

想起，小时候我们抱着粗壮的桂花树干摇晃起来，与其说是帮衬着母亲取些桂花回家酿酒，不如说是为了弄花香满衣，变成俗世里的仙女。夜里，桂树影间银白的月色荡漾开来，波光粼粼，黄色的桂花就睡在我们事先铺好的扁箩筐上。就这样，在无垠的月亮湖里我们拂了一身甜腻而幸福的桂花瓣。这场桂花雨淅淅沥沥下了二十年。我一直知道，桂花和这个秋天一起，连绵不绝地绽放着。

栖霞枫叶红

国庆度假时，去南京栖霞山西侧的枫岭看红叶。栖霞山驰名江南，因为不仅有一座栖霞寺，更有南朝石刻千佛岩和隋朝名构舍利塔，还因为它山深林茂，泉清石峻，景色令人陶醉。

夜宿山村，一夜秋雨敲打着老式不锈钢的窗沿，声声如战国编钟绕梁般的禅意，清新而自然，浑身也就轻松起来。早晨，望着屋外寂静秋色，一株枫树像点燃的红烛，让人心生温暖。远山墨绿，云雾缭绕。宛若蛇行草上，或一支镶嵌碧玉的螺黛，在宣纸上勾勒出水墨画般清古的山色。

庭中积雨，小水塘里映着枫叶的倒影，遍地熠熠生辉的红玛瑙。苏东坡有诗曰："莫听穿林打叶声，何妨吟啸且徐行。"到底是想学苏子的坦然适与，我执意要往深山中赏枫，便不管脚底泥泞，撑起了素花的油纸伞,沾了一身雨打枯荷的秋意。抬头望山，一树树红枫，朝霞般燃满了山腰，像砚台里碾碎的茜草般晕染开去。又似一条贵妃娘娘的莲花云肩，阴沉的天色也有了扶桑日出的味道，山中还有蟋蟀鸣的伴奏，美得让人心惊。

从前悟得枫叶美，是在中学时代。教室低矮，每至秋季，就有一枝胭脂色，红杏出墙般探到桌前，内心倏然绚烂如火。趁老师转身板书之际，摘下窗外一片醉人的鸿爪，收藏书中。清风一来，就碰碎了满树枫叶盛情的笑。

　　或者是在曲折蜿蜒的林间小径，闲暇时是不该辜负秋色的。我站在树下呆呆地看枫叶晃动，宛若秋千架上玩耍的桃面少女，笑得薄汗轻透，花枝乱颤。霜叶红于二月花，意外捧住一枚吹落的枫叶，喜出望外。秋风吹拂着衣袂，红叶牵动着情思与年少的爱情，我将寄相思的枫叶贴紧胸口，盼望着红宝石扣子般的未来。

　　自古绘枫叶者，王概"好砂用画枫叶栏楯寺观等项。……中间鲜明者，晒干加胶。用着山茶、石榴大红花瓣，以胭脂分染"。以春花胭脂入画中，是清逸妩媚，沈宗骞："以其鲜明愈于赭石多多也。出黄膘后……可作工致人物衣眼及山水中点用红叶之类。"这是秋日最美的点缀。在大小青绿山水画盛行的朝代，在岗峦起伏的群山和烟波浩淼的江湖畔，瓦房茅舍，苍松修竹，满眼皆修古翠绿，唯有一缕枫叶红，典雅华美，此时画卷里的河山万里，最倾城，不过在枫树一舞中。

　　待深深清秋，寒蝉声微，万花俱寂，银杏含恨凋谢，金丝菊亦凌乱于萧瑟寒风之中。寒霜薄毯般封起曾丰收苹果橘子的热闹秋季，枯瘦了行人的视线。唯有枫树，整树枫叶上覆盖着茯苓粉一般的霜，却依旧热情地红着，像北极圈里漫漫长夜的一堆篝火，像在夜雨时能共剪西窗烛的佳人。

　　翻开泛黄卷边的全唐诗，在锁着深秋的宫闱里，有名唤韩氏的宫人，将无聊的光阴过成了诗。一身朴素的瓦蓝襦裙，持了蒲葵扫帚，在河畔扫除落叶灰尘。在暮色降临时她自枫树影里摇摆而过，却心生悲叹，采了一片枫叶，拔下木钗，青丝披散，留下了流水何太急，深宫尽日闲。殷勤谢红叶，好去到人间的诗歌。或许寻常百姓，清晨到河边汲水浣衣，舀起这湿漉漉的题字红叶，虽不能识其意，也无从体验皇宫内玉衣锦食的闲愁，心下到底是有几分明媚枫叶般的喜悦的。

在《山海经》"大荒南经"中，有这样一段传说：木生山上，名曰枫木。枫木，蚩尤所弃其桎梏，是为枫木。蚩尤战败死后，一个远古的秋天，蚩尤走向刑场。枷住蚩尤的桎梏，被鲜血浸透了。血染的桎梏散落荒野，变成了漫山遍野的枫树。低吟的秋风拂过蚩尤的枷锁，铁链作响。似蛮荒时代对一个战士的顽强战斗精神致以永恒的赞礼。枫叶是英雄的鲜血，满山遍野，英雄末路却依然热血沸腾。

思绪回到栖霞山间。雨后晴明，收了油纸伞，天空淡淡地隐现了阳光如水般粼粼的金色，透过浓重的灰云，几株枫树沐浴着朝阳，摇曳生姿，竟别有另一番风韵。雨珠未干，枫树竟然成了热情似火的西班牙女郎的大摆舞裙，镶满了塑料亮片，在风中跳一曲异域探戈。难怪加拿大人爱拿枫树做糖浆，蜂蜜似的，尝一口，满嘴都是秋日的清甜。果然美人千面，枫叶亦是。

看过风景的人，最后都成了风景。枫叶一季季落了，又长出嫩绿的新叶，在春日如黛青山，桃花满溪时，泯然列在了众多佚名花树中。关于枫树的宴席散场，静美如斯。

今日小酌一盏枫叶红的霞光，如若醉倒在如火枫林里，不如不醉不归。

盛　宴

这里是阿尔卑斯山脉的最高处，夏蒙尼·勃朗峰。大风吹来，看到肥壮的黄色雪兔在黄岩芪和铃铛花的草丛里跳跃，咀嚼牧草的牛抬起奶白头颅，像小青草迎接一场甘霖，而穿着粉色始祖鸟冲锋衣的我也悠哉地穿梭于小径里：每一个过去和现在鲜活的生命都是雄伟奇妙的帝国。

拉弗利的小路崎岖多石，山野作物躺在勃朗峰锯齿的脊线上，像肖邦的 a 大调波兰舞曲那般跌宕起伏，这是一首献给自然的赞歌。路径上肥嫩的青草遮蔽了旅人的行踪与小兽的足印，唯有古老的大岩石上垒着橙黄的小石块——那是先前探索者留下的指路记号。

如此偏僻，视野几十千米只有我们一行人在"青芜国"徒步。从垭口费力向上攀，山间一片茸茸的绿意，像和煦暖阳下奔跑的小男孩般活力生机。山野披散纷乱的，只有零星而纯洁的小白雏菊和铃兰花摇曳微风中。那种真实的美，教我忘却了 LNT（Leave No Trace）法则，随意摘下几朵，握在手里，像是拥有了一束法国如白莲子般的月色。然而但很快就到了下悬崖的陡坡,我只好抛弃这一把花于草原上,支起登山杖。

突然,一只土拨鼠窜了出来,稀释了山谷的无聊的安逸。棕灰色的绒毛与蒲公英般蓬松柔软的身子,像漂泊风中的农作物种子,越过浸满尘土的岩石,径直窜到了草丛间,它有着墨绿碧玺一般的眼睛,凝视着草地上的植物,褐色的肥嘟嘟的小爪子敏捷地揪下一缕新鲜的草叶,抱在胸前津津有味地噬咬起来。大概是嗅到了不远处新鲜花草汁液的清香,它抬起脑袋,捡起倒在地上的花,又是像先前样咀嚼起来。它开始啃我摘下的花?(或许对它而言是一顿大餐)

我的喉咙动了动,刹那间,我意识到,每一种生命都那么可爱和珍贵!野花的纯洁明艳,像一钵冬日的红炭与暖手的红薯,燃烧着生命之火,给荒原带来一平方厘的生机盎然。纵然花枯萎凋零,被食草类随意咬下吞咽入腹,它们的使命还是同等庄严神圣的完成了。而土拨鼠就是这个高原的首领,一如人类在钢筋水泥的高楼城市里。我们是不容许任何不和谐的打扰干涉,那可爱的土拨鼠们呢?这里就是它们的领土,它们的世界,我不过是匆匆旅人,怎么会愿意破坏这一链生物圈的平衡呢?真希望没有打搅到它们晒太阳的慵懒和平常的幸福。

如今我仍是会想起那只健美的土拨鼠,溜过我的脚边,小爪在荒野留下活泼的脚印。即使我不是素食爱好者,对教条式"环保主义"亦嗤之以鼻,但从那以后,我真的了解"保护自然,尊重生命"的含义了。现在的我们已经不可能将地球复原成原始状态,但我们还可以尽力做它想让我们做的事情,不是吗?

想着想着,手心里面还有那把野花的微香。

遥想一丛芦苇

冬日，怀念起一丛芦苇。

我爱在日暮的时候，去郊外的芦苇荡玩耍。芦苇易养，在江河湖泽、池塘沟渠沿岸和湿地都能看见它的身影，像奔波劳碌于天下的游子，风尘仆仆。纵使百花都被秋风压倒成萧索的枯黄，苇塘仍然是一片晨露般柔和的梦。

傍晚时分，落日是一盒被打翻的、用蜀葵研磨的胭脂，黄昏的诗意宛若寺庙的梵钟，两岸独立的芦苇临水而生，随凉风一下一下敲着那抹迟暮的鎏金。钟是姑苏城外寒山寺的钟，是故乡疲惫的钟，钟声浸湿了每一个游子的青衿，眉间心头便是涟漪般荡漾的愁思。虽然芦苇将自己的须根扎进河滩的泥土里，但芦花却一辈子都飘零在暮秋的风中。白蓬蓬的芦花散漫，随风曳舞，招摇成故乡的麻布酒旗，呼唤着离人的归来。"苦竹林边芦苇丛，停舟一望思无穷。"在渺远辽阔的深秋，人类望向萧瑟渐瘦的一摊芦苇丛，当作为理性生命的骄傲与荣耀消遁，母亲子宫般温暖安全的故乡成为了最深的羁绊。漫长的羁旅生涯中，芦苇这种随处可见的湿生禾草惹起了对多雾前程的畏惧与迷茫，亦勾起了对家乡黄芦苦竹的绵绵思念。"杳杳渔舟破暝烟，疏疏芦苇旧江天"。郑守愚作为晚唐最后一位诗人，目送大唐盛世像一蓬不堪摇落的芦苇，徒留悲与离。朝代更迭，江山易改。芦苇却每年春日继续生根，成为孩童捉迷藏的藏身所与巧妇手中编织的苇席草鞋。"徘徊望尽东南地，芦苇萧萧野水黄"。这是王冕的楚汉城，所以乡愁可能只是黛青屋顶飘起的灰蓝色炊烟，是农事繁忙之时的鸡鸣狗吠，也是一蓬池塘边随意生长的芦苇。可惜诗人成了无根草，被悲哀的时代冲散，秋日已经太深了，芦花叹息着稀疏飘飞，像被萧瑟秋风吹散的亚麻色雾霭，像一盏独自燃烧的西窗烛。"蒹葭苍苍，白露为霜"。先秦藏过伊人的芦苇丛，今生却只愿适合游子与归人的顾盼与等待。

蔓生着芦苇丛的汀洲，在唐诗的卷轴里，似乎总有一群鸥鹭作伴依偎。鸥鹭是清秋文采斐然的捉刀人，折苇管作笔杆，蘸白露为墨水，满纸文章都同样的深情。"一声横玉西风里，芦花不动鸥飞起"。"白鸟悠悠自去，汀洲外、无限蒹葭"。当白鹭衔着一枝芦苇南飞时，不知能否载得动暮秋时节关于芦苇所有的乡愁密码。芦苇丛像浮着一层薄薄的白纱，一缕蟋蟀声飘来，很好听，像金属簧片落在长满苔藓的大理石台阶上。秋风是一条翠竹色的游蛇，穿过蓬松如绒鸡的芦苇丛，浸染得芦苇荡有万叠松声的闲逸，芦花簌簌细雪般四散，像被吹落的月光。

"江头落日照平沙，潮退渔船阁岸斜。白鸟一双临水立，见人惊起入芦花"。在晚风里与白茫茫的芦花不期而遇，的确是很惊喜的。一舟乌篷的渔船驻于岸边，在湖水柔匀吐息中轻轻颠簸着。如果钓上一朵幽兰般的鲫鱼，便在船头支起铁炉子，煮鱼温酒，唱一曲渔歌，同二三好友对饮。蒹花满目醉晚霞，也是够诗情画意的。最爱许浑的"芦苇暮修修，溪禽上钓舟。露凉花敛夕，风静竹含秋"。西风吹起的芦花不是一种凋零寂寞，而是往事如烟，它是一瓢装满诗歌的白酒，敬世间所爱的万物。往事皆是因风缘起的尘埃，就如同你我的人生，就像是一根苍翠蓬勃的的芦苇，生于初夏，有着修竹一般的坚韧与湖水一般的温良。司空曙曾写下"钓罢归来不系船，江村月落正堪眠。纵然一夜风吹去，只在芦花浅水边"。稀稀疏疏的芦苇是茅舍外的竹篱，围起内心菊花一般的恬淡寡欲和自甘清贫。若泛不系之舟，安之若素，此为隐士之乐也。在满是风的暮色里，苇影散动，芦花洁白无瑕，宛若莲藕幻化的朝云，簌簌细雪一般在晴空里纷飞，芦花变得和傍晚的落日一样触手可及。"芦苇晚风起，秋江鳞甲生。残霞忽变色，游雁有馀声"。刘禹锡也曾在含着雁声的塘畔，与苇共栖，吟赏烟霞。那白苇的柔姿，千年以后直至今日还在课本中摇曳生辉。

想起在中山植物园看到的妙龄女子，她们摘下一捧开穗的芦花，穿着巴宝莉的蜂蜜色风衣与棕色格子短裙，露着纤细光滑的小腿，在芦苇丛中拍着游客照，她们还有个新潮的名字"氛围感美女"，想起在嗜酒蛮荒的冷兵器时代，我们的茹毛饮血的祖先就慷慨地描绘下一丛丛芦苇，以之求爱。那种心有灵犀的浪漫，大概是华夏独特传承的文化符号，相同烙印的鲜血涌动，想起来真使人热泪盈眶。

不知道，那些露着白净小腿的女子们冷不冷。

芦苇根性凉，能清热祛火，除烦止呕。"蒌蒿满地芦芽短，正是河豚欲上时"。苏轼的餐桌上大抵出现过新鲜的时令芦芽，就像我最爱的那碟芦苇嫩根炒腊肉，深红的肥瘦相间的腊肉香肠切得很薄，搛起一块放在嘴里，芦苇根的清甜中和了腊肉的油腻，鲜美无比。母亲爱给我煮芦根绿豆汤，取芦苇根与小绿豆，加适量冰糖，锅中添一碗水煮开。我趴在灶台上，芦苇淡如绿茶的清香飘起，听着绿豆与芦根在糖水里咕嘟沸腾，像误入飘着落叶的山泉，林深不知处。然后等它在不锈钢的碗里晾凉，好像深绿的湖水，很是春天。喝了母亲的芦根绿豆汤，酷热难耐的盛夏也很少胃热上火。

芦苇丛是一种灵魂的皈依处，虽然如今在外地求学，很少能见到家乡依着湿地生长的芦苇，但心安之处即吾乡，我不禁期盼着芦苇初长的季节了。

一只蟋蟀的秋天

秋雨在屋檐下淅沥着，凉意就溅到了肆意的草叶上，满田的蟋蟀忽然被唤醒了。

蟋蟀在堂，岁聿其莫。蟋蟀们在先秦时代贫瘠的农田里振翅高歌，在盛唐诗人的笔墨中警醒众人惜时。一直跳跃到如今，仍在和万物轻诉华夏文明五千年的耕读往事。

西风起时，不必管被遗弃的破砖碎瓦与满园旺盛疯长的无名荒草。我们走在泥泞的路上，遥遥就能听到悠长清心的蟋蟀鸣声四起。那些忽高忽低吟唱，是来自广阔而深沉的土地上的齐奏，是源于狗尾草上孤独一只欢快的深绿，抑或是在碧纱窗内不请自来的浅吟。

秋日第一声蟋蟀鸣给孩童的惊喜，大概和一颗成熟的板栗落到火堆里那样，恰到好处。促织声起之时，裹挟着乱蝉嘶鸣的暑气就日渐式微了。孩童们喜欢秋日，广袤的田野母亲刚诞下丰满而金黄的玉米，新煮的玉米羹饭散发出清香气味。果树上结满了带糖霜的火晶柿子，家里从此有了吃不完的柿子，母亲就拿去晒了做成柿饼，能香甜一整个冬天。小院里，还有把指甲染黄的橘子与脆甜的苹果……

我们去田间抓蟋蟀。讲究些的会拿一只竹篾儿编的小笼子，普通的塑料瓶洗干净了也行。它们常出没于成堆的大石块下或枯黄的衰草间。伙伴们捉来蹦蹦跳跳的蟋蟀，往往是为了逗弄两只打架以观赏，也有闲情逸致的愿意带回家去喂养，听它在床尾彻夜歌唱。蟋蟀时常放弃自由的田野，大摇大摆钻到屋子里，跳到橱柜旁，书桌上，甚至被单上，像极了一往情深的恋人。《诗经》所言：十月蟋蟀，入我床下。所言非诬也，有蟋蟀在的秋天原野，果然是幅生动活泼的风情画。而对羁旅之人，蟋蟀鸣叫竟然多了些沉重的凄楚。那是一种沾满露水的缠绵清愁。霜草苍苍虫切切，可蟋蟀鸣叫又像极了一支本土的柳叶笛，能治愈因思乡而起的失眠。蟋蟀叫声多让人亲切啊，让人痛苦抑或幸福地想起了故乡。它是暮秋田埂上的最后一茬稻米，是满身尘埃后捧着的一碗米汤。在城市里迷茫的人，若是此季节能回乡间听一曲蟋蟀的欢歌，也足以慰风尘了吧。

蟋蟀兼备惜时的美德。在诗句中，它也是一种晨钟暮鼓的警示。"促织鸣，懒妇惊"。听到蟋蟀在微冷的秋风里响起，温良贤惠的妇女开始计算着日子，她们为了家人能穿暖，便点起昏暗摇曳的一盏油灯，彻夜赶制秋装，直至清晨收露。

前几天友人赠我了一只蟋蟀，应该是很名贵吧！它被装在一只精致的白瓷笼中，连食盒上也绘着水墨画。它亦不鸣叫，只是慵懒地栖于笼中一隅，宛若深宫里的贵妇人。友人替它添满了依云牌矿泉水，并嘱咐我按时添饲料。"这是我在花鸟市场好不容易托人买得的，你千万得小心照顾。"友人颇有些不舍。

提着这沉甸甸的瓷笼子，我只觉得友人对田园间遍地跳的蟋蟀实在太小题大做了，刚想说些什么，心里却同不慎从水泥台阶上跌落般一惊：细细想来，我也有十余年未曾见过蟋蟀了。城市化进程加快，推土机这庞然大物碾过家乡的土地，吞噬了万顷的良田。然后又铺上足以让泥土窒息的刺鼻沥青。钢筋水泥深深插入土地的肋骨，心脏上渗出的血浇筑了鳞次栉比的高楼大厦，蟋蟀们失去了自然的家园。看到新闻，蟋蟀的身价水涨船高，在富贵人家谈笑间的赌注下，居然炒到了上万元。蟋蟀们已经无家可归了，又或许，奢侈的金丝笼才是它们的归宿？只是不曾想到，属于大自然的蟋蟀鸣，最终沦为了资本家的玩物，成为了唐诗里一具绿纱纸般轻薄的昆虫标本。

那一只白瓷笼中的蟋蟀终于叫了，仅一声，却又惹起了我的万般思绪。想了想，还是把蟋蟀笼扔到了阳台上。江南的秋天里，一只自由鸣吟的蟋蟀，就权当是一场童年的梦吧。

云中谁寄锦书来

初读李清照的《一剪梅·红藕香残玉簟秋》还是在小学时，课本上用淡彩描摹着倚阑干的幽人倩影，在一帘乡愁般淡漠的月色里，她身着素白罗裙，背对满树金黄的桂子，无语凝噎。

"雁字回时，月满西楼。"这一句词，我咀嚼了良久。虽然年幼时期不能理解靖康之变后山河飘零的民族苦难，也不曾读懂两地生死茫茫的无奈爱情。但我念着这句话，发呆望向窗外时，恰好看见天空里有一排灰雁飞过，他们离喧嚣的尘世那样远，小得如同几粒黑豆在扁竹笢上滚动，微不可查而井然有序。遂觉"相思"这一种情绪就如同伶仃失群的大雁，总是用棕灰色的羽毛扇起一阵令人心疼的悲风。爱情也是很恼人的事情，宛若一只秋霄落雁栖息在艰辛的人世间，叫人迷茫。

南北朝时期的诗人薛道衡曾在《人日思归》里写过，人归落雁后，思发在花前。以雁言思，颇有异曲同工之妙。白霜变成无数只绒绒的小绵羊，跳跃在清秋的庭院里。大诗人们凝望着湛蓝的天空，等候雁阵遥远地传来清亮的叫声，"切思朝笳音。"这是为塞外戍边战士写的诗。无论是草长莺飞二月天的江南，还是北风卷地白草折的边疆，南归雁，成了特定的乡愁密码。大雁们变换着阵型，时而呈现人字，时而转换成齐头并进的一字。他们如同乐符跳跃，掠过金黄丰满的原野，掠过水草丰茂的芦苇荡，掠过西北的高楼与矮土屋，掠过为人间琐事忙碌奔波的人们。

夕阳西下，在被雁阵剪碎的满天霞光里，他们组合成一曲焦墨挥洒的古琴谱，谱上乌黑深刻地记载着每一种耕耘人生的辛劳与每一厘艰难潦草的日子，哀婉久绝。

然而灰雁的翅膀被凝滞的雾气浸湿，始终寄不去有情人凄凉而深沉的思念，天空里滴落下的不是秋雨，而是两行无可奈何的清泪。"鸿雁南飞带霜来"。内心装着深秋的苍郁辽阔，大雁们长袖善舞，梨雪一样的霜弄满身，神明一般燃起有情人的希望之光，最终却不染纤尘地飞去，消失在黄昏的尽头，没有留下一纸家书，这是古代无数次重演的悲剧。虽然鸿雁传书不尽然可信，但是在贫瘠的战乱时代，他们还能相信什么呢？"雁尽书难寄，愁多梦不成"。真是只恐双溪舴艋舟，载不动许多愁啊。或许，大雁原本就是传递愁思的。

稍长大些，老师在写作课上教我们如何使用比喻句，老师把大雁比作信差，因为雁是候鸟，春天北去，秋天南往，草木枯黄雁南归。从不失信。我常好奇，为什么传书的是鸿雁，而不是清明梨花谢后的燕子或是湿地捕鱼的白鹭。直到我偶然看到苏武牧羊的故事：相传汉代，苏武出使匈奴，被单于流放北海。汉朝与匈奴和亲，不肯放苏武回汉。然而与苏武一起出使匈奴的常惠使用了一个小计谋让汉使助其归还：汉朝皇帝打猎射得一雁，雁足上绑有书信，叙说苏武在某个沼泽地带牧羊。单于听后无奈，只好让苏武回汉。此后，人们就用鸿雁喻指传递书信者。

　　除却风花雪月的驿寄梅花、鱼传尺素，我们还有鸿雁传书，那是独特，属于客居他乡的中国人的浪漫，并且流传了千百年。难怪大雁被称为"仁义礼智信"俱全的义禽。这大概是中国人独有的坚韧秉性，纵使羁旅在外，流落异乡，只要有一只南飞的大雁，就仍有归家的希望，心里对故土的热爱是永远不会熄灭的。鸿雁就像坚实的长春蔓编织的绳索，牢牢地将游子与故乡拴在一起。淮南秋雨夜，高斋闻雁来。正是因为有了鸿雁，悠哉的思乡之情才有了着落与依靠，在心理意义上，游子也不再是无根浮萍，这该是多么让人动容的意象啊！

　　在一阵阵的墨晕般的雁鸣中，秋季会越来越浓，直到渲染成了长眠的枯木色，然后我知道，这一个季节的他乡漂泊又过去了。

春天会很好

　　宫泽贤治《春天与阿修罗》里有一句："春日呆滞在草穗，美终将消逝。"三月的时候，年久失修的枯黄的土地萌动，宛若一辆载满鲜花的绿皮火车，吞吐着白云般的蒸汽，哐当哐当地在铁轨上颠簸起来，沿途行经处就播种下如茵的绿。此时此刻，我正坐在阳台上看这本诗集，阳光温柔。男友突然将一袋登山套装翻出来，哗啦地放到我脚边。今天我们去爬山吧。

　　我是很不爱热闹的，尤其是去一线城市里的景区，游客如织，亦如同泡沫箱里的急冻鱼，彼此拥挤着，双目无神，只能局促不安地喘着气。

　　已经很久没有锻炼这副先前因为药物而臃肿的身体，尽管病已养好，但体重还没有消减下去，每当我看到大数据反复推送的，画着粉嫩妆容的女孩时，心情就会变成被淋湿的翅膀的山雀。我焦虑地抱住他，相处多年的男友总是安慰我，你这是丰满，不是臃肿。然后我打开小红书，反复搜索着关于减肥的一切，满屏幕的五彩药丸广告，我将订单点击又取消，我畏惧它的副作用。尽管它们就像汁水鲜红的蛇莓，颇具诱惑力。那就吃水煮蛋和绿色蔬菜沙拉吧，一天两顿，我变成贫瘠草地的羊，嘴里涩得很。

男友说，今天阳光很好，门票还半价，你是喜欢晴天的。我其实喜欢隔着窗子看街边风景。似乎透过玻璃的流云，草坪与阳光都会更柔和些，但他说出这句提议的时候，我到底是有些心动的。自从去年得了抑郁症，我似乎没有再离家踏青过，转眼已快一年，如今又是春天降临的季节了。

小餐桌上摆着一杯冷却的奇亚籽水，此时此刻有一些执念盘踞在我的脑海里，就像青蛙卵般的奇亚籽，正挤在玻璃杯里奇异地看着我，我将它们一饮而尽以获得虚假的饱腹感。

你知道春困秋乏的呀，我懒得出门。我推辞。

男友说，还是出去晒晒太阳，呼吸呼吸新鲜空气，对身体好。

好。我答应下来。他见状就打开窗子，风拂面而过，将金属晾衣架们吹得像风铃般作响。

春日，美好的春日啊。似乎好久没有记录过小城之春了。关于春日大概的印象铺成开来。清晨，春天的日出宛若钟杵，撞响了黎明的银钟，将无数鸟鸣从树林里惊起。我爱看着蜘蛛淡白的网如何捕获无辜的昆虫与露珠般清澈的诗意。在春天的早些时候，朱砂梅的一点漆红先是从树梢绽放，然后清洌的香弥漫整条街，纵然戴着口罩也挡不住，热情得很。春水生，河岸上被浸湿的石头记录着几千年春讯的秘密。苹果树和草莓是不必繁殖无数鲜红的果子的，可以低矮地开着它的白花。

那些路过的鞋踩着的野草籽，最终将又在浅浅的足印里生出绒毛的绿意来，在脚印纵横里，就有了茼麻树林，太阳仿佛将自己融入金黄的茼麻花苞中。野花野草们生出娇嫩的刺，似乎给春天的脊背挠痒。此时我渴望变轻，渴望变成一只蜜蜂。春天是美好的，我也该出去走走了。

纵然从小物质生活并不匮乏，但兴许是性格原因，我和家里的关系总不算亲近，两岁那年父母工作繁忙，无暇照顾我，我就被送往外婆家，直到上小学才被接回来，虽然没有重男轻女，但我似乎始终与这个家格格不入。我是漂泊的浮萍，虽被精心种植在水培土里，仍然有很重的错位感。

家中有一个院子，母亲悉心侍弄着那些绿植，月季，罗汉松，兰，万年青。终年常绿着，母亲总叮嘱我们不要碰坏了那些植物。直到有一天，我发现其中一片不起眼的绿色草丛里，有了点点蓝紫色，像不留神洒在衣襟上的墨水。它的叶子形状若青蛙脚蹼，我摩挲着有些粗糙的叶子，触感可能像家中男性长辈的手掌。它们的个头很小，我摘了颗颜色最深的，在袖口上蹭地锃亮，然后放入嘴中，苦涩的汁液立刻迫使我将舌尖的唾沫吐尽。等父亲回家的时候，我告诉他新发现，他说，这是一种叫蛇葡萄的野草，很常见的。叫你母亲回来铲掉。我连忙将这幼嫩的植株护在身后。当母亲看到这棵依墙而生的蛇葡萄草后，皱了皱眉，我在一旁不停诉说它的好处，关于它果实的美丽和不占地方容易养活的性质。母亲拿起的铁锹最终放回了工具箱，说，那你照看好它吧。那天的黄昏，有了我从未有过的惊喜，无数的晚霞都变成了暖色调的鲜花，我的心情如同麻雀在电线杆上跃动。快速地吃完了饭，我从饮水机里接来一整壶清水，慢慢浇灌那株蛇葡萄，直至确保晶莹的水珠滚动过每一片叶子，被根部吸收。

去爬山前需要乘船过岸，男友将汽车开进景区的停车场，验过门票后，我们登上了晃晃悠悠的轮渡。船随着湖水的呼吸起伏着。

因晕船的缘故，我走出沉闷的船舱，登上轮渡前端透气，扶着涂满白漆的围栏，绿丝绸般的湖和缭乱的发丝，都迎风慢慢颠簸着，游客们的交谈声与那股淡腥的绿藻味同春水一道涨起来了。藻类与黛山交相辉映。那些一闪而过的灵感也如同涂满黏液的桃花鱼，仅仅在春天浮现，通体透明，在一簇簇桃花瓣的翕动里，眨眼遁形。我感叹于自然的神奇，想用相机记录什么，就看到岸边有人卖花环，是个穿深红色呢外套的婆婆，正用柳叶编织的花环，上面似乎还缠绕着星星点点迎春花和黄鹂的歌声。靠岸之后，男友变戏法似的从身后拿出那柳叶花环，说，看你盯了很久，应该是喜欢吧。我心里欢喜，嘴上却仍然问，你从前也这么逗别的姑娘开心吗。

十几年前我也曾在秋游的时候和同学爬上这座山，理论上这么多年过去，这些树木应该更繁茂，它们内核中皱纹般的年轮应该又缠绕了几圈，然而这里的一切都似乎没有变化，只是感觉台阶低矮了些。

爬了大概五十米，我已然有些体力不支，就倚靠着迪卡侬的金属登山杖，坐在一块潮湿得有些生苔藓的大石头上歇息。山不是巍峨的山，海拔甚至不足百米，但我还是配齐了一套徒步装备，以为全副武装可以爬得更省力些。男友拧了一瓶怡宝矿泉水，递给我。我喝了两口，就注意到一棵虬枝横斜的榉树下，有无比熟悉的植株，那确实是蛇葡萄，纵使春天的植物没有结果，但我仍然准确无误地辨认出了那种淡绿色的叶片。

我是个性格内向的人，在学校没有什么交心的朋友，所以最期待的事情就是归家，为我的蛇葡萄草浇水，然后抚摸婴儿般触碰着这些逐渐长大变红的果子。到了夏季末，蛇葡萄果完全成熟了以后，就像樱桃般饱满圆润。叔叔家的弟弟也注意到了这一隅鲜红或者深紫的美丽，每次来我家总爱摘两颗放在手里把玩。我曾心急如焚地劝阻他。然而对于我的告状，母亲却很不以为意的样子，就几颗野果子而已，摘就让他摘吧。

我甚至没有能力保护一棵属于我的植物。

直到有一天，它细瘦的枝蔓上只剩下一个果子，我蹲在地上发呆。母亲说，摘吧，它明年大概是不结果了。我心存侥幸，说，怎么可能不结果呢，它明明长得那么旺盛。我就守着那粒孤伶伶的蛇葡萄，它挂在枝头像一桩悬而未决的疑案，它那么美丽，是晚霞洇开的淡紫色，个头只有孩童半截指腹大小，那营养不良的模样，有点像我。我从小就挑食，我自嘲起来。在同龄孩子的评语都是阳光开朗时，我却像一蓬风滚草，乱糟糟地生长在荒凉的角落里。

不如索性摘下来，在心里为它画一片欧亨利结局里的常青藤叶。我悲伤地想着。紧攥在手心的那粒深紫色蛇葡萄，温热的汁液沿着掌纹流淌，直至纹路被染成乌青，像几垄被刻意灌溉的田。皮亚杰提出二到七岁的孩童处于前运算阶段，具有泛灵论的思维特征。但当年的我真的感受到了果子切身的疼痛，就像被反复按压的淤青。吃饭的时候，我将已经有点蔫皱的蛇葡萄放到母亲面前，有些惶恐地说："我摘下来了。"母亲却很不以为意的样子，只是嗯了一声，"快点洗手，准备吃饭啦。"她将一盘红烧肉端上餐桌，并且让我摆好碗筷。

甚至不确定母亲是否听到了我的罪行，我将蛇葡萄放回书桌的抽屉里，直至它一点点风干。第二年蛇葡萄也没有再结果。毕竟是一株不知何时混进来的野草，我试图安慰自己。可是，这是最后一颗了，兴许是我将它最后的果实摘下才招致它的不再结果。这种自责的感觉很久都没有消弥，宛若一颗受潮发霉的板栗，带着尖锐的刺，落到陈年的土里，虽然不会再度发芽，每每想起一直隐痛着，自此之后我就不再愿意再养动植物了。

上个星期，男友在逛花鸟市场的时候打电话来说，可以买两只巴西龟回来养。我说不要，嫌麻烦。电话尽头是嘈杂的人声，含含混混。他说没事，养龟换水喂食都不用很勤快。我说，我不喜欢养动物。

何况将乌龟因于一寸玻璃缸里，仅仅是为了看玻璃缸里的乌龟在鹅卵石上伸出四肢，还是看它脸上猎奇如非洲面具的橘红色纹路？我实在不喜欢龟这种表情木讷的物种，尤其是它们的身躯在鱼缸的折射里被无限放大的时候。叔叔家小弟弟曾经在他家客厅里鱼缸里养过两只，我每次去都会瞥到它们。结果它们最后都不知所踪，那段时间我总是疑神疑鬼，生怕哪一天在床沿扫出一只面孔花纹繁复而背壳皲裂的龟，或是家里突然传出一阵恶臭来。

不是为了追随白雾般朦胧的童年生活，也不是为了复刻一颗苦涩的果子。四顾无人，我弯腰摘走了一片叶子，童年回忆那蒙着的白雾就像逐渐散开。我以为一颗蛇葡萄果，就像沧海里的任何一只扇贝般可以忽略不计。很多年以后，当我发现我对新生命的降临似乎提不起任何兴趣，才发现那段关于蛇葡萄的回忆的确刻在我的性格之中，使我很久不敢养任何生物，或者他们彼此成就，构造了如今的我。

连篇的思绪突然被一孩童的嬉笑声打破。一路欢声笑语的学生，是半大的孩子。他们穿着的学校统一的红色冲锋衣，在风里哗啦膨胀起来，远看像几十朵轻盈的朱槿花正彼此追逐着。"年轻真好。"我感慨于他们如此清澈的情谊，希望自己能年轻十岁，这样也许我就可以加入他们，和他们一起登上山顶，然后极目远眺，俯瞰这整座江南城市，无数的风景都能尽收眼底，这里能看到高楼林立的都市建筑，也能看到粉墙黛瓦的江南古镇，我们将会挑选最好的角度，勾肩搭背合影留念，然后约定登上更高的山，奔赴更远的前程，一览众山小，意气风发。却又想起来自己的十几岁也是喜欢独来独往，像离群索居的候鸟。

走吧，我用登山杖将自己的身体撑起来，在男友的搀扶下终于登顶。然而期待最终落空，就像是一团雾融入树林里。山之巅眺望只有满目的绿色，深绿，浓绿，浅绿；榉树，乌桕树，香樟树，榧树，树们连绵不绝地随风起伏，软得像一湖碧汪汪的春水，原来很多风景是站在山顶也看不到的，这里看不到大厦和乌篷船，更多时候，跨越完人生的山峰，甚至没有一片树林等我歇脚，但如果我止步不前，或许将永远被遗弃在这座山上。

下山的时候，我踩着一截一截的青石板台阶，将关于蛇葡萄果的故事完完整整叙述出来。男友听完后，认真思考着，我们买些种子，把它种在家里吧。我问他，能种出新苗来吗？男友打开百度搜索起来，半晌后，说，当然可以，但要等我们去花鸟市场买点营养土，春天的植物都能养活。

春天的植物都能养活。我突然意识到，反复咀嚼那一粒蛇葡萄果在舌尖迸开的苦涩，是有些偏执的。

沿着墙根，我们把那些红色的宛若干瘪的醋栗的小种子埋进土壤，当洒水壶倾泻下金光粼粼的自来水的时候，我心里突然有一些松动，就像是有一株嫩绿的苗要萌出来，才发现我对新生命还是有所期待的，很多东西都会慢慢地，前赴后继地苏醒，至于它们最终能长成何种模样，似乎已经无关紧要了。

那些依靠在树根旁的藤蔓和深紫色的果实，在十二年之后，正一点一点的融合重构成新的蛇葡萄草，就像我也一直试图与自己和解，也许终有一天我再也不会因为不能成为纤细粉嫩如同郁金香的女孩而感到焦虑，我会学着悦纳自己过去的经历，也终于能够打破舒适圈与同事愉快地交谈然后结识新朋友。

但我现在只能看见灿烂的阳光照耀在湿润的土壤上，心里升起很平淡的感觉，像升起一缕人间的炊烟，我感到现在的生活真的好幸福。

第二辑

梦入江南烟水路

风荷举

　　第一次读到荷叶，大概是小学语文课本上，汉乐府的《江南》：江南可采莲，莲叶何田田。当时不懂其意趣，只觉朗朗上口，甚是喜欢。

　　曾去西湖赏荷，初夏的湖水碧绿，浓得能把荷叶染成吴振武《荷花鸳鸯图》里的翠色。周邦彦有词云："叶上初阳干宿雨、水面清圆，——风荷举。"屋檐下鸟雀将晴天唤醒了。暑气蒸腾，阳光明媚地刺眼，高柳乱蝉嘶，彼时我尚且年幼，吃着橙子味的"七彩炫"冰棍，一边听柳树上的蝉鸣像瓢泼大雨一样落下来，浇在荷叶上，像用清水洇开搁置在砚台里的、晒干许久的翠墨。茂盛的荷叶遂舒展开来，在含着荷花香的清风里，波光粼粼的荷塘是一张隐现竹帘纹的生宣纸，荷叶则是大自然阔笔浓墨而就写意画，它们和夏天同样的沉静浓绿。

　　我爱上了那湖荷叶，从前只见过养在水缸里的铜钱草，一捧嫩绿色浮萍浮在水面上，青褐石缸里的赤色金鱼在漂浮的小荷叶下摇曳游动着，便以为是荷塘景色了。如今坐上乌篷船，让两支兰桨拨清波，画船撑入荷花底，才一睹荷的真容。那一团团深绿逐渐靠近，自然就活泛起来。荷叶田田，一湖荷叶亭亭玉立，宛若少女碧绿的裙摆被风吹起，荷叶罗裙一色裁。又似一柄贵胄的青伞华盖，遮蔽了夏日的烦躁。漫漫的荷叶因风起舞，沁人心脾。旧诗言接天莲叶无穷碧，荷叶们紧紧依偎，将一支又一支红焰似的荷花托举着，火把一样的红莲燃烧在荷塘上，如果莲叶是向晚绿色的天幕，荷花就是如血的晚霞，不蔓不枝，亭亭净植。

突现停憩在荷叶上的一只红蜻蜓，体态纤细，翅膀透明，像槐树叶般轻薄，它的身躯同石榴般闪烁着玫瑰色的光，我很是惊奇，不禁伸手去抓，它却轻盈如柳絮一般飞走了。不如以荷叶烹茶，晶莹的露珠在荷叶上翻滚碰撞着，荷露好像一掬清澈的泪，装在碧玉盘里，香远益清，是绵长而清淡的香。"藕花珠缀，犹似汗凝妆"。荷叶似美人，在盛夏香汗淋漓，忽有鲤鱼自湖面一跃而起，荷叶凉丝丝，珍珠般的露水跌落，池塘里鱼群被惊动了，戏于一枚枚如同荷叶般圆润的涟漪间，活泼可喜。

不一定只有暮秋稀稀疏疏的残荷才适合听雨声，

夏天的雨总是让人措手不及。黑云压城，夏雷像巨大的木质车轮般战无不胜地驶来，雨点落在湖面上，落在荷叶上，落在游客复古的油纸伞上。宛若尚有余温的铁板上随意撒一把赤豆，噼啪作响。荷叶在声势浩大的雷雨中，像一面面雕着龙纹的红色花盆鼓，酣畅淋漓地被敲击着。远处蛙鸣鼎沸，亦如鼓，白雨跳珠乱入船。雨点激起泥土的草腥味，与清新的荷叶淡香交织成夏日荷塘独有的味道，这大概就是池荷跳急雨的乐趣吧。

屈原曾经写下制芰荷以为衣兮，集芙蓉以为裳。屈子剪裁绿荷白莲作为衣裳，若能乘一叶小船从熙攘的荷塘穿梭而过，和屈子一般满袖荷香，那将多么令后世文人欣喜感动啊。想起《红楼梦》三十五回《白玉钏亲尝莲叶羹　黄金莺巧结梅花络》，宝玉想吃小荷叶小莲蓬的汤，贾母一叠声命人去做。"薛姨妈接过模具来瞧时，原来是个小匣子，里面装着四副银模子，都有一尺多长，一寸见方。上面凿着有豆子大小的，也有菊花的，也有梅花的，也有莲蓬的，也有菱角的。"熬一碗金黄鲜嫩的鸡汤，还要借面食的小巧精致与荷叶的丝缕清甜锦上添花，就像魏晋时期褒衣博带，大袖翩翩的清谈客，他们腰间佩戴鸟纹玉珩，竹林夏风与君子之玉耳鬓厮磨，叮当作响。虽有附庸风雅之嫌，却也是寻常人家可望而不可求的阳春白雪。

　　身处可采莲的，多菱多湖的江南。行在老街的青石板路上，总有提篮兜售莲蓬的老妇人，她们用青花瓷一样的蓝白布覆盖着嫩绿如春的莲蓬们。父亲从老妪手里挑了只碧绿的莲蓬子，递给了我，它像一盏豆色的小茶碗，青翠诱人。母亲爱将莲子与白米冰糖同煮，屋内碎氤氲起一塘甜蜜的荷叶香。最喜小儿无赖，溪头卧剥莲蓬。我也喜欢生吃莲子，将它青翠柔软的外皮剥落，便露出藕白的肉来，莲子嚼着甘甜，又带一丝莲心的清苦。想起来，荷原来本是雅俗共赏的。

　　生命本来就是如同一场荷叶般清淡而充满希望的花事，而能如同荷叶般生于天地之间，该是多浪漫的情节啊。

记忆里开满梨花

那次回家去看梨花，中午我们一家人去太湖的船上人家吃饭。

机动船行驶得很慢，还有着淡淡的工业汽油味。我不愿在沉闷的船舱里坐着，便走向颠簸的木甲板。江南的太湖藏着多少迷人的风光，"满眼青山耳杜鹃"。孩童一般脱下鞋袜，我用脚掌拨着翡翠般的湖水，感受春天碧绿的凉意。

渔网撒下，从太湖里打捞上来鲜活的银鱼晶莹剔透，宛若涉江楚人掉落的晴水玉剑，如织锦银梭，柔软无鳞，让人想起"白雨跳珠乱入船"的诗句来。

我在机动船的甲板上坐着，吹皱的湖水宛若铺陈开的柳叶，淡淡的绿藻味像邈远的玉笛声，迎着清和的湖风，摇摇晃晃着喝完了一碗母亲端来的鲜美的银鱼鸡蛋羹。宋朝司马光写过"银花脍鱼肥"，银鱼肉质鲜嫩，无肠无腥，低脂高蛋白，宛若点缀一粒墨玉的白玉簪，难怪日本人称之为"鱼中人参"。在太湖三白里，我最爱的也是这一碗银鱼，只加精盐胡椒便清鲜醇美，同梨花一样素雅本真。

母亲又唤我回去，说湖里的竹篓捕了许多白虾，还上了我最爱的炸梨花酥。我站了起来，回到了船舱里。梨花酥油腻腻的，我拣了块小的尝了尝便放下了。桌上翻台，新沏了一壶绿茶。我给母亲倒了一盏，龙井茶是碧绿的颜色，吹去细密的浮沫，茶叶炒制的很新鲜，细抿一口，茶香沁人心脾，宛若来到了雾霭缭绕的茶山之间。

　　"放暑假前还回来吗？"母亲捧着茶碗，在升腾起的茶雾里，我看到了她的不舍。

　　"最近比较忙，等暑假我再回来。"放下了茶盏，我躲避着母亲的目光。然而暑假仍然很遥远，像等一团嘴喙嫩黄的小雏燕长出油亮似剪刀的羽毛。我静静地看着岸边青山向后退去。

　　"那个时候梨都要上市了，可以回家吃很甜的翠冠梨了咯。"母亲又很开心地说。

　　时间过得真快，望着母亲鬓角新长的银发，有些迷茫了，我的心酸楚起来。原来梨花的美是用来追忆的，那是短暂而美好的青春，像梅上的春雪般易逝。不知怎的，我又想起那个月明星稀的夜里，沐浴着溪水般清澈的月色，我对着梨花树许愿的场景。

　　"我一定多给家里打电话。"我此时竟有些羞愧地脸红了。

　　春水碧于天。到了夜晚，游了一整天太湖的机动船到底有些疲惫了，它载着一甲板的星光，悠哉而困倦地漂浮在湖上，直到抵达太湖漆黑的睡梦里。月光与船灯一样的清白，珍珠般浑圆地扑落在黛青色的瓦般的湖面上。在倒映着月色的太湖里，我看到了蓬松柔软的梨花花瓣在流水里荡漾颤动，好像一道铺满白色鹅卵石的小路。赤脚踩上去，还带有晚霞的燃烧殆尽的余温。小路是通往市集的路，是能买到奶糖的路，也是母亲牵着我的手走过的九百九十九次的路。此时此刻，黑夜仍然浸泡在深青色的湖水之中。我的心里突然下了一场烟雾般的春雨，雨落下来的时候变成了一根根绣花银针，细密地缝着我离家的行囊。行囊里装了一整个开满梨花的小镇。

该下船了，我挽着外婆与母亲的手，来到了久违的陆地上，"今天月亮真圆。"母亲感叹道。

苦楝树·绿梅花

　　重回阔别许久的故土，是为接奶奶到市区养老。站在颓圮的老屋前，我和童年相伴的苦楝树一同沉默了。

　　时值深秋，萧条的苦楝树只挂着寥寥几个叶子，枝干也枯瘦了，像靠着墙根晒一整天太阳的留守老人，消磨着无聊的光阴。又像秋暮荷残时结满蛛网的木船，瑟瑟地、载不动清瘦的乡愁。

　　收拾着奶奶的行囊，我的心被秋风吹得很酸楚。遥想着一场儿时的春雨淅沥，我喧嚣浮躁的灵魂就湿润了，像森林里被舔舐的不谙世事的幼鹿。彼时，惊蛰动，雨帘重重，空气里氤氲着青草与泥土清润的气味。苦楝树叶和贵如油的雨丝落在地上，被人类和小兽的脚印熨成宛若大地最如意的毯子，那是故乡的苦楝树，我的苦楝树。

　　春日，万物生长，苦楝树抽枝发芽，幼嫩的新叶绿意渐浅，像染上了涨满海藻的太湖水色，淡淡的很有一番风味。家门前那棵楝树古味盎然，枝条错落，藏匿着庭院中丁香似的细花。远观宛若草木繁茂的绿汀间，一只捕食竹麦鱼的修长白鹭，橙喙勾起一串串波光粼粼的水珠串。苦楝树影婆娑，像终年洇不开的绿雾，宛如跨越九十九场江南烟雨后，大自然白描的一首情诗。

我爱披散着头发，任发丝在楝花香的春风里飘舞，偶然一串淡紫而纤细的楝花落于发梢，这般欣喜，好似孩童在草堆里逮住一只会唱歌的蝈蝈，我可以是撑着油纸伞的姑娘，穿着丁香紫的紧身旗袍，在花雨中留下一段结着愁怨的倩影。春天毕竟是春天，吹彻了一整天楝树的山风十分柔软，不会刺痛皮肤。"小雨轻风落楝花"，一树紫岚般的碎花在江南四月里，可以是闺房里挑起的帘幕，亦可以是一炉清雅的香，能熏醉了春风与过客。

二十四番花信风，楝花风是最后一种，她像一只曼舞的银色喇叭，在盛宴里吹奏着一曲暮春的赞歌。我踏着柔软的土壤，风弄蜻蜓，山雀高歌，满地清香的楝花雪，好像湖边的浪穗般软，楝花在泥土之上又绽放了一次，生命本该灿烂如斯的。

这棵苦楝树是爷爷年轻时手植的，长势很喜人。每年夏天，邻里都爱到这棵亭亭如盖的大树下避暑气，奶奶在盛夏的苦楝树底摇着蒲扇，清风是荷塘里戏莲叶的一尾鱼，穿梭过苦楝树梢，又柔情地亲吻我的脸颊。蛙声如荫，如雷雨，如风中飘荡的青绿篱笆，围住了这多情而无情的人间。劳作了整整一天的疲惫农民聚在树下闲聊，满身泥土的锄头与镰刀也舒坦地在墙角晒着朗润的月色，关于爱情，关于孩童，关于收获与庄稼的密码，是农耕社会流传千年的话题。

奶奶招呼我替邻居添茶倒水，不是城里雅士品茗的碧螺春，而是败火的金银花茶，我吃力地举起半人高的红色的暖瓶，怕泼洒了，就一下一下往搪瓷杯里添热水，一股清苦的香味弥漫在热闹的夏夜里。邻里大婶抓起一把葵花籽塞给我，在月下宛若象牙项链，彼时我甚至不会嗑瓜子，就乱嚼一顿，满嘴油香。

待到葵花籽也吃倦了，我就舒服地躺在竹椅上，听着长辈深奥的对话内容，望着耿耿星河，我突然想起教书先生讲牛郎织女的课文，真的没有船可以渡过银河吗？那织女姐姐为什么不偷偷飞过去见牛郎呢？直到里屋泡苦楝叶花的洗澡水凉下来，奶奶就催我去洗澡，说苦楝能清热除湿，在凉席上我酣然入睡，一夜枕着芬芳的楝树花香，梦也清新了。

到了初秋，楝树枝头青杏般的小果实逐渐长大，被阳光涂抹上金黄色，像是寺庙里挂着的祈福铃铛。买不起五彩斑斓的玻璃珠，我们便拾起满地散落的苦楝籽，它是旧时屋檐下斑驳的灯笼，以荒野的溶溶月色为烛光，清辉满庭。苦楝籽颇有中药铺的气味，宛若爷爷宽厚的庄稼人的手，很让人心安。

我们蹲在泥地上，耐心挑拣着个大粒圆的苦楝籽，然后用衣角揩尽黄土，鼓囊囊地都装到裤兜里，幻想着和彼此开展一场黄沙漫天、万马嘶鸣的鏖战。准备好弹药，我们爬上楝树，折下适合做弹弓的树枝，若捡归根的枯枝则不甚耐用了。新鲜的楝枝散着微辛微甜的草木气，像折断了一座小森林，我将橡皮筋缠绕在树杈间，武器便打磨好了。双方粮草充足，一场金戈铁马似的混战就揭开帷幕。

一番尖叫疯闹后我得胜而归，自豪得像抗击匈奴有功的霍去病大将军。只是楝树籽浸出的汁液会把手指与衣服染成洗不净的浅黄色，回去倘若被奶奶发现身上挂彩一定会遭顿骂："没有女娃娃的样子！"

这样我将会被狠狠地拽着胳膊，拖去洗手。奶奶用蜂花牌肥皂打出充裕的泡沫，抓着我的手搓了又搓，我的小手被刺骨的井水蹂躏的通红，宛若发酵的海棠果。当时骁勇善战的我居然连凉水都忍不了，想到这，我悲伤得很，眼泪像掉出荚的豌豆般落了下来。

清霜似雪，十一月南方的土地覆盖着绵密的蛤蜊油，像素手把芙蓉的仙女，冰清玉洁不染纤尘。苦楝树叶也似宋朝往事般随风飘落。去学校的一段路，需爬过苦楝沙沙的小山坡。初冬山林阒静，只有流浪的野犬留下清晰而凌乱的踪迹，偶尔有一两声短笛似的寒虫鸣和风摇树枝的簌簌声，天地准备冬眠，淡漠起来，宛若独自扫雪的老僧般清心寡欲。

小树林像火柴点燃了受了潮的松枝，薄雾缭绕。楝树披着一身蚕丝素纱，裹起了萌芽的心事，骨骼清晰可见。这上学一路上我寂寞地走着，嘴里哈出团团的白雾好像琼花。实在冷得厉害，我就一路小跑起来。铁皮饭盒在书包里哐当响，像欢快前进的绿皮火车。晨起的白霜将落地的楝树叶边缝上一条蕾丝花边，那大概是苦楝写给大地的信笺吧，美得我不忍踩碎这楝树林的梦。

饭盒里装着冷而硬的白饭，上面铺几片茶棕色的腌黄瓜，鲜美的酱汁渗进一小片半透明的米粒里，每次中午我都吃得津津有味。成年之后奶奶还是爱给我寄几罐腌黄瓜，吃惯了食堂里的大鱼大肉，乡愁大概就是两块越嚼越入味的酱黄瓜吧。

行囊收拾完，我带着奶奶坐上了回城的小轿车，我趴在车窗上看风景后退，那棵大苦楝树离我远去了，就像许多童年美好的回忆都消散在风里。天下大概没有不散的宴席，浮生若梦，为欢几何？

绿梅花

绿梅，又称绿萼梅，因萼绿花白、小枝青绿而得名，乃江南初春的一种风物。

外婆的院子里有一棵凌寒而开的绿梅树，像是闺阁里手捧书卷的婉约才女，娉婷独立。出暖阳的日子，常有一只流浪的橘猫在树下打盹，宛若成熟落地的橘子，很是喜气。

绿梅的花骨朵，好像是凌晨时分唤不醒的睡莲。那种花颜是物哀的美，像枯叶和草灰覆盖着的旧雪消融后，露出的屋檐上的几片深深青瓦，浓绿得像揉碎了一整个夏天的藤蔓。梅树恍若卷起的翡翠珠帘，昭示着春日将至的祈愿。

粒粒绿梅在料峭的春寒里微颤，好像白釉瓷盛一碗糖渍青梅般清新纯粹。那是母亲珍藏的青玉雕镂耳坠，戴在纤若鹤腿的梅枝上，神似三千年前屈原一袭芙蓉衣裳，玉树般独立湘江畔，腰佩的昆仑玉在含着香草的清风里叮当作响。

《红楼梦》里妙玉以五年的红梅雪水烹茶：她在蟠香寺住着，收得梅花上的雪，共得了那一鬼脸青的花瓮一瓮，作为体己茶与宝黛二人品茗。雨露霜雪乃无根之水，出家人推崇，认为不沾染因果。梅上雪不过新剥豆蔻仁一般大，妙玉却能集满一瓮，来年屋里煮茶，恍若初春满树的绿梅盛开，果是清高的雅趣。而我不过是槛外人，若花瓣是薄壁的琉璃茶碗，不如以初上树梢的阳光为柴禾，用梅上融雪沏一碗碧螺春吧，敬这万物可爱的自然。

等春日的号角再嘹亮些，绿梅树的木荫就成了一张疏离的渔网，捕满了阳春的熏风。梅花枝木窗格般将清晨的青霭划破，惊醒的蛰鸣雨后春笋般涌现。阳光透过炼乳似积聚的云层透了出来，斑驳地替梅花瓣鎏上缕缕金丝。那绿梅宛若晨光熹微的青绿森林般凝结在树梢，那是青鸾衔来的信物——碧玉簪，自然让人觉得未来可期，春意盎然起来。细赏薄似研磨青砂粉的花瓣，很像是被丰草绿褥的烟汀上一点白鹭搅碎的浮萍，娇嫩柔软。我用指尖拈住一朵绿梅，嗅着那缕梅魂的芬芳，心里竟然有些惆怅，虽绿梅清高无意争春，但桃花、杏花、梨花、海棠、蔷薇的花期终会来临。梅花也终将离场，在万花丛中成为一种黯然的淤泥。芳华易逝，微风无语，满地飘落的绿梅花瓣，宛若生着苔藓的城门遮掩，藏匿了九百年前李清照落一地的玉笛声。

酒是刘伶的酒。在雨打梅花的黄昏，等着外婆烧晚饭的时候，不锈钢的温酒炉被小火慢煮着，炉壁上的白雾与米酒香朦胧，火苗像几尾游窜的红鲤鱼，底部被燎得黢黑，让人安心而温暖。面前摆着一小碗盐渍的红花生米，乌黑的老式录音机上盖着玫瑰蕾丝的花布，里面是名伶用吴侬软语唱的《珍珠塔》，我痴痴地趴在饭桌上，想象着临水的红幕戏台上，涂脂抹粉的古装女子，一颦一笑间满袖风动，足底生莲，婉转的笙歌好似河岸雎鸠一般飞入兰因絮果的春梦里。然后是酒煮沸的声音，宛若绿梅林里雪簌簌落下。红烧鱼与山药排骨汤冒着白雾，我会抢着替外公斟酒，在那琉璃一样的酒杯里，有许多规矩。第一次是浅浅地铺着杯底，第二次才能倒半满，寓意着好事成双，这大抵是刻在基因里的对美好生活的追求吧，在血管般的细枝末节里流淌着家庭的习惯。饭后外婆将三碗赤豆汤端上了桌，珍珠糯米丸在紫红的豆沙里若隐若现。我用汤羹舀起滚烫而软糯的圆子，细细吹凉，红豆馅从白瓷碗沿淌下来，像梅花泥里的两道车辙，逐渐凝固了。

若在夏令时，外公爱喝的是玻璃瓮里的杨梅烧酒。敲碎的冰糖甘甜，慢慢氤氲到红玛瑙一般的杨梅中，细碎的果肉玫瑰般漂浮着，像是古法酿制的鲜花胭脂，等待浸染美人两瓣朱红的嘴唇。外公只是从橱里取一根尾端刻着梅花的檀木筷子，在他的添了半盏杨梅酒的酒杯里蘸一点，就喂给我吃。旧木筷头微微发黑，有着古拙的清香。我咬住筷子不肯松口，杨梅发酵后的酸甜与烧酒的辛辣融合起来，果香四溢。

下酒菜是一只青瓷小碟里装的醋溜海蜇头，撷起撒着碎生姜的海蜇丝，好像是琼枝挂星粒，嚼着鲜脆无比。有时是凉拌的泡发海带，和薄荷草一样可以消暑。我总是趁外公不留神偷偷喝一口杨梅酒，在一树蝉鸣的盛夏风里，小花裙被撩起，酒劲渐渐地像淡粉的桃花落在面颊上与心头，遂想写被春风吹散的诗，关于微醺时候的遐想与爱情。

可惜我成年以后再也没有喝过那么好的烧酒，也没有再遇见那么美的绿梅。日本清酒寡淡得像穿竹林而过的山泉水，工业酿造的啤酒也毫无麦芽与田野的香气。或许只有外婆亲自泡的，融着冰糖的杨梅酒，才能勾起我无垠的愁思吧。

友人曾约我夜赏梅园，当晚她穿着新春气息很浓的明制汉服，琵琶襟上缝着兔毛，马面裙上用金线绣着几朵祥云。她向我跑来，两只蝴蝶发簪颤动着，好像是雪里一枝娇俏的红梅。我们挽着手臂，兴致勃勃地诉说着对梅花的热爱，最终在一株绿梅树下驻足，我愣住了，与淡银月色一同倾泻而下的除却绿梅螺黛粉般的清香，还有满地愁思。突然我意识到我骨子里是时空错乱的农民，在黄昏倦鸟般归家时肩上永远荷着一把锄头，为了耕种灵魂与诗意栖居的寓所，沉重的犁具上沾满了白霜与绿梅的清香。"背立盈盈故作羞，手挼梅蕊打肩头。"纳兰性德曾幻想着与心爱的姑娘泛舟溪上，就在遍地垂柳的江南。

借问酒家何处有？苏北的春日来得那样迟，想再见一眼满树浅绿的梅花，恐怕要等来年回到故乡了。

那些桃花盛开的日子

　　仲春前后，春水初盛，粉墙黛瓦的农家小院外，母亲的桃园热闹了起来。

　　满树的桃花，在微雨中朦朦胧胧地开放了，离很远就能看到一片朝雾般美好的粉云。母亲怕偷桃贼，便用铁丝网和木头围起了桃树们。可那些斑驳的篱笆，哪里困得住妩媚的桃色春光呢？

　　桃花是美人千面的。在桃林里细赏，桃花仙子从古画卷里婉约而来，在和风中烂漫地微笑着，不必傅粉施朱亦满面春光。俯首望之，它又是另一番风情万种，灼灼其华，像一簇桃红的唇瓣轻抿，撩得游人心动耳赤。

　　等桃花飘落，流入家门口那潺潺而寻常的小河里。我恍惚中，看到了落花的前世今生。她是黛玉荷锄葬下的一缕芳魂？那一溪多情而无情的桃花水无言。

　　细雨蒙蒙，和含着桃花瓣的熏风撞了个满怀。花瓣沾着雨露，拂过青丝，散落在皱起的眉间心头，成了一朵桃粉的朱砂痣。就像是春色里最倾城的新娘，慢饮一杯桃花酿的酒，盈香满袖，能醉了关于江南与暮春所有暧昧的耳语。

春日莫辜负，然而我们这些孩童是不敢有花堪折直须折的，每一朵桃花都是盛夏收获的希望，一园漫染的桃花竟只可远观。我们躲到桃园里捉迷藏，旖旎的粉色花枝，轻掩少女们爱玩闹的心事。若被玩伴逮住，园里就会漾开一串桃粉风铃般的尖叫。我们跑着，鞋底沾满了桃花染香的春泥，倘若被忙完农活劳累一天的母亲看见，又要挨好一顿骂。

初夏终至，桃粉的繁复帷幔已经换成了清爽的绿色窗帘。初生的新叶让空气无意中变得欢快起来，有了像少女一般的淘气。吹拂绿叶的微风摇曳，桃叶清新的味道，让人心头一热。

桃叶浅绿，修长似一叶嘉陵江上独行的竹舟，稀稀疏疏挂在枝头。春水碧于天，绿叶偶然相偎，彼此倾诉着春天的故事，宛若一湖被吹起涟漪的春水。

母亲领我去桃园里修枝。修枝往往要赶着艳阳高照的大晴天，她穿着蓝胶鞋，头戴油亮的草编斗笠，拿着一柄红皮大剪刀就开始剪歪斜的枝条。母亲干农活很利索，是邻里都夸赞的。那种杀伐果决的架势，颇像沙场上骁勇善战的白马将军。她刷刷就剪掉了弱枝死枝，只留几只长势喜人的小青桃。刚长出来的桃子碧绿碧绿，宛若翡翠雕的梅子。桃树需要阳光的滋养才能结果子，可我们不需要。

正午的太阳很毒，我被晒蔫了，坐在梯子下面一声不吭。抬头窥到了母亲的辛苦——母亲墨绿的花布衫湿透了，绿豆大的汗珠从发亮的额前鬓角淌下来，母亲的脸上露出青铜雕塑一样疲惫的神态，可手却是一刻都不能停歇的。

母亲大概很渴了吧，她的双唇像歉收的干裂土地，翻着黯然的血色。我细嚼苦瓜般，心里很不是滋味。打开母亲灌满凉白水的玻璃杯，我咬着嘴唇递到她眼前，母亲却摇摇头，她只是用被桃树蹭灰的衣袖草草抹了一把脸，和蔼地对我笑：阿囡多喝点水，天热着呢。

很多年以后，当我无数次回想起母亲在桃树影里忙碌的背影，想起母亲身上时常带着的汗味，总是感到无比的眷恋与安心。

八月桃生津。桃树经过母亲含辛茹苦的侍弄，终于成熟了。水蜜桃白里透红，丰满地挂满了树枝。桃香飘到了家门口，让人很欢喜。

天不亮的时候，母亲认真摘下了品相极佳的蜜桃，哄婴儿般小心翼翼地放入柳条筐内。家在阳山，这里种桃树的土是肥沃的火山灰，更别提母亲是种桃的一把好手。桃子红润鲜亮，嫩得能掐出蜜水来。

我们将水蜜桃运到街口。看着收购商挑剔地对桃们评头论足，然后装箱，支付我们不厚不薄的一叠纸币。母亲蘸了蘸口水，细细数赚到的钱。从母亲舒展开的笑纹里，我仿佛看到了每一个农民劳苦后收获回报的成就感与惬意，就像躺在阳光和煦的向日葵花海中，满足而慵懒。

回到家，母亲又摘了几颗因营养不良而泛青的桃子，我们期待地围上前去。母亲温柔地笑着，把青桃子切成小块，放在大海碗中，用细密的白砂糖拌了。桃子青涩的酸香和白糖的甜弥漫在小屋里。我有些猴急，趁母亲转身洗碗的时候用手掐起一大块往嘴里塞。青桃裹着未融的白糖粒，滑腻腻的。糖渍蜜桃很是清甜，成为了我童年最美好的念想。

桃子的一生就走过了，一季季的春夏也在桃的轮回里悄然而逝。我不再是能在桃花间穿梭疯跑的小姑娘。桃花会凋零，成为滋润下一季的花泥。青春连同青春的心也会老去，没有什么是永恒的。

　　寒来暑往，母亲的腿脚已经不再利索，甚至因为长时间下田劳作而患了腰疾，雪莲般纯洁的银丝覆盖了她乌黑的发。家人都劝母亲不要再种她的一亩三分田，好好歇着。母亲斜躺在老旧的竹椅上，望着家门前的桃园，眼神中似乎对桃子一种绵绵的牵挂。

　　母亲是不服老，还是放心不下她照顾了一辈子的桃树们？我看不真切。又到了桃花盛开的日子，我领着邻居的小孩子，在母亲的桃园里赏花。小孩子第一次看到这么多桃树，喜悦地惊叫起来，他甩开我的手，像脱缰小马一样，往桃园更深处跑去。花枝颤动，落下了桃花雨。在漫天桃花雨里，我恍惚看到了母亲青春的模样，她一身碧绿的长裙，在花影中温柔地向我招手。

　　人比花娇。

青鱼入梦

外祖父家在锡山，养着青鱼和珍珠蚌。

记忆里那是个阴天，我随着舅公去塘边玩耍。青鱼鳞的云像耕田，播种着鱼苗丰收的祈愿。渔民将一桶桶的螺蛳扔入鱼塘里，作为饲料。河塘边水禽扑棱着翅膀，那如同荷叶般清圆的水珠顺着洁白的羽毛落下。坐在划着两支木桨的渔船上，摇篮般晃晃悠悠。水面上浮着柔嫩的蔓草，在竹篙撑起的深绿色漩涡里飘舞，泛起浓郁的藻味。大果萍，轮叶黑藻都可以打捞上来做猪食。

当墨绿的渔网撒入波光粼粼的鱼塘里，湖浪煎盐叠雪般翻涌起来。蚕丝绸缎般顺滑的湖水碎成了银镜，就像德国鲁森的白葡萄酒在高脚杯里晃动。青鱼随网跳上了甲板，鱼尾撩起的清水在塘里拨开涟漪。它们滑溜溜地跳动，肚皮雪白，色泽清爽有如披着一背的青绿水草，颇有"船尾跳鱼拨剌鸣"的诗意。也曾有外地人重金收购青鱼石，大概是因为其打磨之后像极了油光锃亮的朱砂玛瑙，然而我的乐趣仅仅是品尝青鱼的鲜美。

初春，雨后的天空好似刚洗完澡的婴儿般令人喜悦。走在积雨的青石板路上，空气也湿漉漉的，洋溢着土壤湿润，树木清香的味道和草鱼在水泥板上蹦跳淡淡的腥味。

我坐在院子里，捧着原味香飘飘奶茶看母亲杀青鱼。母亲围着深蓝的油布围裙，脚蹬一双漆黑的胶皮靴子，像菜市场售卖河鲜的鱼贩子。她蹲在地上，手拿着一柄菜刀刮起了金属般银白色的鱼鳞。鱼鳞带着新鲜的血迹，被流淌的清水稀释成海棠红。青鱼仍然在挣扎着，回旋镖似的鱼尾在水泥砧板上颤动，像极了拨清波的鹅掌，纯白柔软。母亲又用尖刀刺入鱼腹中，摘除墨绿色的苦胆与鱼鳃鱼肺，又将鱼剁成大块。母亲将会拿出尘封许久的腌鱼罐，铺入鱼块，接而撒上雪花般的精盐腌制，菜青色的陶罐像件老古董般贴在墙角，似乎要长成一棵粗壮的树，我甚至怀疑等我长成独当一面的大人时，这个旧罐子仍然能腌出咸鲜爽口的腊鱼。

母亲用硫磺皂搓洗着手指上的鱼腥味，一边转头向我抱怨，"当我和你一样大的时候，早就会一个人去河滩边杀鱼了。"我却假装听不清，早就溜到屋外玩耍去。黄昏逐渐浓稠，像暮归的老牛驻足在田垄间嚼草。烟熏火燎的灶膛里柴禾燃烧，红烧肉的酱香从老屋深处的饭桌上飘出来。母亲呼唤孩童归家的吆喝在黄昏的窄巷里游窜，宛若敲响了一钵余音绕梁的铜锣。

劳作了一整天的舅公惬意地躺在藤椅上，叼着"红塔山"深吸一口烟叶的浓香。细瘦的香烟被夹在生满老茧的指缝里。烟丝于吞吐的雾里闪着橙色的透亮的火星子，我的思绪也像浸润在湖水里的夕阳般氤氲开来。

然而出门逛了一圈，自然是累了，我就坐在厅堂里一张绿漆剥落的矮脚木凳上看神话小人书，斑驳的凳脚被猫挠出了树木生长的纹理，我的小世界变得粗糙而静谧。直至夕阳余晖落下帷幕，才恍恍惚惚听到母亲"开饭啦!"的呼唤。

母亲将青鱼做成了两道菜：椒盐鱼块和青菜萝卜鱼肉汤。鱼肉鲜嫩美味，挑食的我吃掉了两大碗米饭。直到二十岁，我依旧没有学会杀鱼，对厨艺也不甚了解，只能偶尔打开烘焙的烤箱做一批焦糖蛋挞。但是，那一尾苔藓般深青的生命，却多次游入我的梦里。

第三辑

人间至味是清欢

阿桂家馄饨

阿桂家只卖鲜肉馄饨与烧麦。

关于它的发家史，我并不了解。但自我记事起，它便已经是招牌褪色而食客络绎不绝的老店了。店铺挤在菜场街上，所装配的风扇与灯都是 20 世纪的产物。

侧身进店，我与母亲要了两碗小馄饨。桌子也已经很老旧了，缝隙里黑黢黢的，流淌着积年累月的灰褐色水痕。桌上的漆斑斑驳驳，露出粗粝的木头的纹路。母亲于是不让我趴在桌子上，我就撑住脑袋，隔着局促而狭窄的木窗格朝里看，能看到店主阿桂那戴着白色帽子的忙碌勤劳的身影。竹编的箩筐里躺了半壁雪白的馄饨，一只硕大的银盆里盛着剁碎的鲜肉，肥瘦适宜。他熟练拈起一块约莫两寸见方的馄饨皮，另一只手拿着扁竹片，将嫩粉色的肉馅刮下蚕豆大小的一勺，挑入面皮中央，飞快地捏捏粘合起来。他蘸满面粉的手如清明的燕子般上下翻飞，行云流水，令人眼花缭乱。

阿桂数清十五只馄饨，尽数下入沸腾的清水里。馄饨在咕嘟作响的大锅里如同洁白云朵一般漂浮，颇有种龙腾云涌的架势，将清水搅浑成麦香的乳白色。灶台上氤氲着带有浓郁面粉清香的雾气，随着锅盖掀开而蒸腾起来，轻纱似的笼罩着后厨房。

待到馄饨变得白里透红，阿桂便用大漏勺将其捞起，沥干水分，装在备好调料的白瓷碗里，再冲上半碗热水。香菜与葱花就活络起来，小舟一般碧绿地飘荡在晶莹剔透的馄饨上。新出锅的小馄饨混着柴火气与肉香，惹得饥肠辘辘的食客们纷纷朝内张望，垂涎以待。汤底不是鲫鱼或者猪骨头熬出来的高汤，而仅仅是一勺盐，半勺味精白糖，半勺猪油勾兑出来的。

想来，大城市以真材实料的骨汤作为卖点的馄饨店，一碗动则就要大几十，汤料实在有些喧宾夺主了。不同于此，阿桂家馄饨很地道朴素，没有贵族千熬万煮的奢华做派，只做一碗味道鲜美的馄饨。阿桂家馄饨很符合菜市场的烟火气，在这日复一日烟熏火燎的小城生活里，能在街头吃上一碗阿桂家馄饨，是多么朴实无华的幸福啊。

终于，两碗皮如凝脂的鲜肉小馄饨端上了桌。我抽出两双筷子。桌子上有两只塑料调味瓶，也油腻得很，是街边小摊常见的样式：一只装着辣椒油，一只装着醋。然而我不喜辣与酸，就白口吃起来。

小巧玲珑的馄饨只只饱满，馄饨皮已然煮得透明，薄如蝉翼，晶莹剔透。里面裹着的深粉色肉馅显露出来，像一朵在水中翩然起舞的海棠花，与香气浓烈的小葱香菜交相辉映，果真是红肥绿瘦，令人食欲大开。用勺子舀起一只白白嫩嫩的小馄饨，轻轻吹散周围的热气。咬下一口，馄饨皮十分筋道清香，肉馅紧实爽口，在舌齿间摩擦时，鲜肉的多汁咸香萦绕在口腔之中。还有小虾米与紫菜的"海味"辅佐，美味无与伦比。我总顾不得烫嘴，滑嫩的馄饨入口，碳水化合物与蛋白质的搭配让这种满足感直接流入心底，母亲等着我将馄饨汤喝得一滴不剩，就牵起我的手，离开这家拥挤的馄饨小店。

　　尽管过去许多年，阿桂家馄饨的滋味和与母亲一起品尝阿桂家馄饨的记忆，还是像陈年老酒藏于心中，越酿越香，久久不能忘怀。

春韭飘香

初春韭菜香。韭菜，别名草钟乳、起阳草、懒人菜。是覆盖农户最多的蔬菜种植，一茬茬青绿割而复长，是春秋夏三季饭桌上的常客。

"嫩割周颙韭"。韭菜一陇整齐水嫩，像葱茏的五言绝句般栽种在池塘旁。遥想，在春草葳蕤的郊野，有位穿着青白芍药曲裾的女子独立池塘畔。她望着池里透明而丰腴的桃花鱼相伴嬉戏绿藻间，清扬婉兮，不见心爱之人，只有翡翠似的韭菜在荒野之中招摇。一滴泪从香腮滑落，原来可以变成唐诗里春韭上的露水。

若家燕是春日的信差，衔泥踏枝而来，在屋檐下筑了一巢沸腾的春天，那么韭菜一定是支蘸满青绿墨的毛笔，勾勒下田野里的碧玉妆成、万物生长，绿野里于是就有春日的盎然。韭菜从诗经时代做为上等蔬菜敬献神明，到《汉书》"冬种葱韭菜茹"的普遍种植，直至如今，韭菜作为春日第一蔬，成为了餐桌上不可或缺的鲜美菜肴。它是一条浸润在乡村农事里的绳子，和六千年以来所有的春天一样嫩绿。历史结绳以记事，一茬茬叶阔淡绿的韭菜，竟记载了文明发展的历程。

想起杜甫的《赠卫八处士》："夜雨剪春韭，新炊间黄粱。"春雨像淡绿的玉髓珠帘，被惊蛰的雷声扯断，竹笋生，香椿冒芽，草长莺飞，虫声新透绿窗纱，万物清明。春风拨动明晃晃的琴弦，欢喜似古琴的徵声，散落在初生的韭菜上。田垄间是嫩嫩的浅青。韭菜苗于春日的农田，宛若盛开的腊梅花枝上有黄鹂依偎。那般纤细灵秀的身子在泥土上摇曳生姿，如春睡方醒的少女，鬓间还插了两朵鹅黄的水仙花。一畦春韭绿，韭菜苗翠得的确令人怀想晴雯葱管般的玉指，勾人惹动春愁遐思。我愿做戴月荷锄归的农民，耕种着圃韭畦蔬，等春日收获鲜嫩而辛香的诗意。

六朝有名士周颙，清贫素食，南齐文惠太子问之："菜食何者为佳？"对曰："春初早韭，秋末晚菘。"叶似翡翠、根如白玉的韭菜味道无比鲜美。用镰刀顺着韭菜根，择去泥土与败叶，韭菜叶在母亲的菜篮里碧玉簪子一般好看，嫩得都能掐出水来，韭香弥散在烟熏火燎的厨房之中，人间烟火味就浓了。"满园春韭随意剪"，我与苏东坡先生一样爱吃韭菜。韭菜咸鲜，辛香扑鼻，有种比鱼肉都浓烈的荤腥味。身处江南，韭菜炒螺丝是清明前最招牌的美食。太湖捕捞的田螺肉爆炒后，淋上酱汁与剁椒，再煸炒新割的韭菜直至断生，装盘出锅。用牙签挑起肥嫩鲜甜的螺肉，搛起一筷绿如蒜苗的韭菜，唇齿留香。我仿佛撑着一叶扁舟，在太湖上就着下酒菜小酌。或者将韭菜剁碎，和嫩嫩的鸡蛋拌成馄饨馅料，煮熟以后馄饨皮薄而透明，里面菜蔬的鲜香与滑爽的蛋粒相得益彰，谓之春日一口鲜。"饼粥悭鲋脯，醓盐劣韭葱。"有着一盘清炒韭菜，再清贫的生活也能有滋有味了。

在那些草盛苗稀的日子，饥肠辘辘地行走在晨雾弥漫的街上，我仍爱买上两只路边摊上的韭菜盒子，袅袅油烟升腾，它们被炸得酥脆膨胀，咬一口，满嘴馥郁的韭菜香。我相信生命也将会如同一棵郁郁葱葱的韭菜，挺拔起剑梢一般狭长翠绿的叶子，活泼而坚韧地生活在这美好而多磨难的人间。

南下塘，豆腐花

　　无锡的南下塘是一条历史悠久的古街，它位于江苏省无锡市梁溪区中心地段，为独具特色的古运河畔江南人家历史文化街区。

　　比起喧闹的繁华市区，南下塘更是适合走一走逛一逛，体验无锡故事的好去处。温婉绵长、古色古香的南下塘，静静守护着江南的旧日时光。虽说只是一条南北走向约千米长的江南老弄堂，在无锡人眼中却是一个柔情似水的心灵归处。

　　南下塘是一条多情的江南老街，京杭大运河是这条窄街古老的骨架，支撑起了两岸众生人间烟火。碧绿的河水绸缎般涌动，在码头留下湿漉漉的水痕。这就是一阵柔匀的呼吸，也是南下塘与运河千年来最寻常的一次拥吻。

　　三月，在南下塘邂逅一场杏花微雨，我是那自愿跌落酿酒坛的果子，等着开坛时小酌的一抹微醺，等着小桥流水人家的生活。它没有"春水碧于天，画船听雨眠"的惬意，也没有"漫向孤山山下觅盈盈，翠禽啼一春"的浪漫。那些繁华喧嚣的盛世回忆，像一块几百年前尘封在古城墙顶的琉璃瓦，终是沧桑而孤独地逝去了。

南下塘，又是一条朴素的老街，是生我养我的地方。

走过栽满垂柳的清名桥，就踏入了历史悠久的南下塘。一进这条窄街，就能与朴素的生活气息撞个满怀。褪色的大红灯笼在风中粉墙上轻晃，喜悦就像一串丰收的辣椒。屋檐上的黛瓦撩拨下的几滴春雨，滋润青石板上的茸茸青苔。还有，木门木窗的枯瘦萧条与日晒雨淋，被烟熏黑的墙，印证流年。老人在弄堂里坐上竹椅便能晒一天的太阳，当炊烟袅袅升起时，便有妇女大声呼喊孩子回家吃饭。偶然深巷里会传来一阵黄狗的吠叫，狗们如石器时代刚被驯化时一样，忠实地帮老街的居民看守家门，似乎拴狗绳系住了人间一味烟火。

南下塘是撑着油纸伞的，结着丁香愁怨的姑娘，也是满头银发，阅遍人间沧桑的佝偻老者。它是立体的，是多情的，是千面的。这一条地处无锡最繁华地带的街道，却自甘守拙，成为一片远离尘嚣的桃花源。小栖时光可以去阿福茶馆约二三友品茗，去码头旁的戏台上听吴侬软语，还可以掩门归家，享受城市里难得的清幽。

若你愿意化作一缕运河上的清风，便可以信步于蟋蟀声浸润的街道，可以近距离欣赏江南温婉女子的桃花面，还可以在满塘香樟树中选一棵称心如意的歇歇脚。在这里见证关于爱的前世今生，更有一条长情的古运河可以终年厮守。

我长大以后到远离家乡的地方求学，常常在细雨蒙蒙的时节，期待一滴温柔的雨落入思乡的江南梦里，它也将会长成一树挂着露珠的白玉兰。南下塘运河畔的玉兰花，宛若穿着白霓裳的娘娘，素雅地在春风里摇曳生香。卖豆腐花的摊位，就在那亭亭玉立的玉兰树下。

国画里有一种颜料名曰雨过天青，这大概是江南温润的雾色吧。

南方潮湿，在南下塘的青石板路上，走着，就听到了那声悠长的叫卖声，朴素宛若林语堂笔下卖馄饨者的木鱼梆子。

"清扬豆腐花—"卖豆腐花的男人对路边稀稀疏疏的人群招揽生意，眼睛却悠闲地盯着对面白粉斑驳的墙壁，像千年前披着青箬笠绿蓑衣的归隐钓客。

我是极爱吃豆腐花的，从前每次偷得半日闲，都爱去南下塘，听听运河水与垂柳的呼吸，然后吃上一顿装在塑料小碗里的豆腐花。滑嫩嫩的豆腐是初生雏鸡的绒白色，淋着深色酱油很是开胃。我爱吃河鲜，便向碗中多撒了一勺虾米。青葱的翠绿，虾米的素白，紫菜的乌黑相得益彰，让人食欲大开。舀起一勺嫩白光滑的豆腐花，酱油的咸鲜和黄豆浓厚的醇香在嘴里入口即化，细腻到让我想到儿时母亲的怀抱。

回望人生乐事，金榜提名时是，洞房花烛夜是，有一碗豆腐花亦是。

一个在城市呆惯的人，心里的清泉会逐渐浑浊干涸，变成水泄不通的柏油马路。不妨到南下塘看一看清澈的河水，荡涤尽疲惫与尘埃。世间除了霓虹灯，还有皎洁的月光。自然山水滋养的人间，才是真的人间。

后来我离开了家，到了另一所陌生城市里，那南下塘江南老街粉墙黛瓦的回忆，连同那一碗豆腐花，都像绿皮火车外荒郊的风景一样呼啸着远去了。只是在想起它时，能成为我心灵一处逃避蜗触之争的寓所罢了。

桑葚，酒酿记忆

　　记忆就像陈年糯米酒里一粒酡红色的桑葚，有着玫瑰一样漂亮的浅红色，沉浮在脑海里，而关于桑葚酒的故事，和夏天的阳光一样，崭新如故，伸手可触。我将它们收藏在镶金的水晶橱中怀念，关于亲情与童年的幸福回忆，就像十几年前母亲酿的那坛桑葚酒，滋味绵长。

　　仲春时节，熏风拂过村庄里的桑树林。葱郁的树林揽进桑叶独特的清香，像一盏未煮开的明前茶，芽叶细嫩，很是清淡含蓄。我站在树下眯着眼睛看，一颗颗青涩的桑葚在树梢紧绷地站立着，好像清晨槐花树上的露珠，收敛着成熟的甜蜜。

　　"太可惜了，桑葚还没有熟。"母亲有些惋惜。

　　"不过颠簸了一路，也算是看到了'桑之未落，其叶沃若'的树林了。"我安慰着母亲。思绪自然回到了从前桑葚满枝的时候。

　　小时候要摘桑子，不会爬树的女孩儿，大多撑起生着墨点似的霉斑的竹梯向上攀。桑农用的梯子有些年头了，湿润的淤泥和蔓生的青苔一道侵蚀着梯子腿，失修的梯子摇摇晃晃。然而我却胆大得很，脱下鞋子，蹭了满身泥也要自己爬上枝头。坐在碗口粗的树杈上，我尽情地摘起了桑葚。桑葚球紫得发黑很是可爱，宛若一粒粒黑珍珠串连起来，我将一颗多汁的桑葚放在嘴里抿碎，浆果酸甜地迸开，我常常染得满嘴满身都是紫红色，由于肥皂洗衣粉都除不去那一抹浓郁明艳的紫色，所以回家一定会遭一顿骂。

　　桑葚繁密茂盛的桑葚树甚是浓绿，树叶是锯状的，好像婴儿新生的牙齿，放在手掌心里挠挠，痒得很。树荫锯开弥漫的黄金阳光，微风遂从叶间的缝隙里生长起来，它是一株绿色薄荷的倩影，清新纤细，遮蔽了响彻蝉鸣的浮躁初夏。远观，那树冠翠绿得能滴落新鲜的草木汁一样，像是贵族所撑的青色华盖，而缀满枝头的桑葚则是紫玛瑙流苏，在太阳下环佩叮当，摇曳生辉。阳光随意抛撒在古铜钱币一样的桑葚上，每一颗桑葚都闪着光，金子一般明亮、富饶。

　　我用清香的桑葚叶包裹起果实，桑葚像一粒受潮的硬糖。紫红的汁液甜津津地渗出来，好像染指甲的凤仙花。嬢嬢曾给我用凤仙花染过指甲，大概是把鲜红的花瓣碾碎，然后取了树叶用细棉线缠绕在手指上，隔一夜春纤手指就染成了深红色，好看得很，我变成了电视里灼灼其华的桃花妖。只是树叶包紧的指尖实在闷热，梅雨季节一样，就像被家养黄狗的粉色舌头，亲热而粗粝地舔着，很不舒服。我又摘了一捧桑葚揣在兜里吃，便回家了。

　　母亲说今天要酿桑葚酒，我陪着母亲去买酒曲。在小卖部母亲给我买了一根赤豆冰棍，冰棍顶头缀着煮熟的红豆，咬一口沙沙糯糯的，很像穆桂英的糕点内馅。我细细舔着这冰凉的香甜，糖水在舌尖融化成一口冰镇红豆汤，消暑解渴。我甚至舍不得丢掉浸透了红豆汁的微甘的木棍，总将它放在嘴里嚼着，直至索然无味。就这样，母亲牵着我的手，从香樟树下走回家，我踢着一粒粒黑而油亮的果实在树荫下向前走，不时有花香飘来，香樟花淡黄细碎，让人想起了激流里跃起的，浮光跃金的细碎浪花。很多年以后，香樟成为了我最爱的树木，大概是因为这条经常和母亲散步的林荫小道上种满了香樟树。

我搬来小矮凳，坐在母亲脚边，继续和母亲聊着学校里发生的趣事。母亲撸起袖子，在木桶里淘洗着雪白的糯米，象牙色的淘米水被一遍遍泼在水泥地上，后院成了一条湿漉漉的，长着野草的"小溪"。直到水变得清澈，母亲才把细腻的糯米捧出来，此景令人想到了江南初春的一场小雪，料峭单薄，常青树的树叶也仍是碧绿的，只有树梢涂满了晶莹的银色。每一瓣糯米雪花都守着一场粉墙黛瓦的梦境。母亲淘好的米上锅蒸熟，当锅盖揭开的时候，一屋五谷丰登的糯米香升腾起来，好像农民收获的一大车洁白棉花，一样的蓬松柔软。厨房里云雾缭绕，那是谷物煮熟和柴火燃烧的暖香，是寻常人家的烟火气。一盆糯米饭等着穿堂的春风将它们吹凉，像一窝雏鸡在暖阳里等待着破壳而出。美好的事物很值得等待一场春天的照拂。

在此期间，母亲围上红棕格纹的围裙做着永远都做不完的家务，我则去书房里温习功课，做一些让人头昏脑胀的数学题，或者背一些不甚了解的古诗词，记得有一句是"孤舟蓑笠翁，独钓寒江雪"。我就也想做个披着绿蓑衣的渔婆，欣赏着水墨画那草书一般邈远的黛山与青湖，慢悠悠用一根竹竿钓上几尾青鱼，等日暮后再整理行囊，拿回家给母亲炖豆腐汤喝，简直鲜掉牙。沉迷在不切实际的幻想之中，是多么幸福的事情啊！

糯米饭吹凉了，母亲搬出做酒酿的瓦罐，储藏室有墙纸般的青苔藓，那股潮湿气似一只发霉的手，将我推了出来。我趁母亲不留意，用手抓了一把糯米饭塞在嘴里。糯米入口黏软，越嚼越像撒了白砂糖般蜜甜黏牙，这是淀粉在口腔里发酵分解，变成了葡萄糖。我一边咀嚼着稻米天然的滋味，一边看着母亲撒酒曲，搭酒窝，然后放上新摘的桑葚子。糯米在瓦罐里的弧度宛若蜿蜒的雪线，上面落了些紫红色的花树。又好像是日本养生的露天温泉。母亲封上罐子，用冬天盖的绣花毛毯捂住了它，似乎是怕桑葚酒被风精灵偷喝殆尽。于是在土黄色的瓦罐里，细盐一样的酒曲会唤醒酣睡的糯米饭，唤醒了在树枝上度过一生的桑葚。酒的灵魂深处有什么东西被长在桑葚里的阳光召唤出来，那醉醺醺的悸动会在酒罐里像一粒汁液饱满的桑葚，熟透以后会散发出饱满甜美的味道。它大概是在等待开坛时，洋溢出红碧玺般的果酒香吧？母亲关上了地下室的门，然而酒是小孩子不能喝的，母亲只是偶尔做一碗甜酒酿小丸子给我吃。酒酿软软甜甜的，像甜豆腐花。

　　是夜，我住在了老家。晚风吹熄了人家裹着饭菜香的袅袅炊烟和松油灯，鸡飞狗跳的村庄销声匿迹，只剩下满池塘的蛙鸣响彻，像那片桑葚林一般浓绿与喧嚣。
　　满月素白宛若陈年的雪，将桑葚树林涂成带鱼鳞的银色，我打开窗子抚摸熟悉的月光，月光如水一样流动，将我的思念挂在了桑葚树枝上，也永远地留在了母亲的身旁。

太湖莼菜说

　　莼菜是江南地区的水生蔬菜，"水八仙"之一，采摘时间在每年的 4 月到 10 月。太湖莼菜幼叶与嫩茎中含有一种胶状黏液，食用时有一种圆融、鲜美、滑嫩、清凉可口的感觉。

　　莼菜漂浮在太湖之上，其叶宛若未曾睡醒的荷钱，未磨碧玉般浸润湖中，它们惬意地躺在绿水间，也成了碧波的一处脉搏，烙印着江南的独特风情。其枝似翡翠雕琢的珊瑚，枝叶间清液如冰，如鱼髓蟹脂。"西湖莼菜胜东吴，三月春波绿满湖"。捕捞上来的莼菜堆在木舟上，颇似满载一船如黛小山。

　　自魏晋至今，莼菜似乎成为文人雅士笔下飘逸自适的符号与情怀。《晋书·张翰传》：翰因见秋风起，乃思吴中菰菜、莼羹、鲈鱼脍，说道："人生贵在适志，何能羁宦数千里以要名爵乎！"遂命驾而归。所谓功名，竟也不如一碗家乡莼菜羹，果真是名士风度。想着，卷梧桐的秋风起时，刻在记忆深处的关于江南的眷恋情怀就越发鲜明，千里莼羹像盖着故乡邮戳的一封书信，让人热泪盈眶。欲买桂花同载酒，亦可以是少年的心。

莼菜在太湖的碧波里荡漾着，宛若顿挫舒展的小石青山水画线条，素手执笔就勾勒出江南楚楚的灵魂，它是西施曾浣过的苎萝纱，和桃夭少女的欢声笑语一同摇曳在清澈的水中，它是杏花微雨中，招揽春风与过客生意的艾绿色酒旗，遥遥相望，便染上一身醉人的雕花酒香，任凭人世间是吴越的小小战场。

　　幼时，母亲爱做凉拌莼菜给一家人解馋。暑热未散，高柳乱蝉嘶。母亲从井中打来清凉甘甜的水，将莼菜洗净，佐以酸溜溜的米醋，剁好的鲜红辣椒与葱姜蒜凉拌，咬一口，清爽脆嫩，唇齿留香，这道菜是母亲辛劳与智慧的见证，千里莼羹，未下盐豉。吃遍了山珍海味，最最惦念的还是母亲的凉拌莼菜。

　　"钑镂银盘盛蛤蜊，镜湖莼菜乱如丝。"《食经》里说：茇羹之菜，莼为第一。茇羹，是把蔬菜氽在鱼羹或肉羹中，古人觉得莼菜是首选的茇菜。最爱一碗莼菜银鱼羹，新鲜的莼菜荡涤尽夏日浮尘，鲜滑细润，宛若逶迤湖中的无篷渔船。银鱼软嫩，雪白似出水游龙，一碗羹汤就是一湖潋滟的秋景。用白瓷的汤勺舀起一口，轻抿银鱼的鲜美与莼菜的清香，柔和地融化在舌尖，好似温婉多情的江南美女，自有一番软糯的风韵，顾盼生辉。

　　想起叶圣陶先生在《藕与莼菜》里写的：嚼着薄片的雪藕，忽然怀念起故乡来了。春天，几乎天天吃莼菜。的确，莼菜入汤，好像是一壶煮沸的碧螺春，那般墨绿的颜色像一首清古渺远的题画诗。所以向来不恋故乡的他，也觉得故乡可爱极了。

　　故乡是河山万里，亦可以是西风斜雨。尽兴时，可以是张季鹰的一碗鲈鱼莼羹，可以是叶圣陶的莼菜汤，也是母亲在八仙桌上端来的一碗凉拌莼菜，让人难以忘怀。

第四辑

小楼一夜听春雨

白玉簪子

　　春雨似雾，濡湿了蒋老太土坯屋前晒着的油菜籽荚，浸青了地上散落的瓦砖，也淋乱了村民的窃窃私语。在这个飘着细雨的日子，蒋老太要传她的白玉簪子。

　　白玉者，佛道雅称大地舍利子也，此物更为真藏，曾有富商以连城重金相求，而不可得。

　　蒋老太将房门大敞，就端一张旧藤椅，拄杖坐着。那拐杖大概是柴木涂了一层薄漆，底部早已发黑开裂，宛若枯树根。老人家害了很重的青光眼，双目几近失明。有的人虽说眼盲，心里却明如不染纤尘的铜镜，蒋老太便是一位。她年近古稀依然面色红润，此时半闭眼睛，低眉垂首。倒像是"慈眼观众生"的观世音菩萨，居陋室仍淡然如坐莲花台。

　　天阴，看不出时辰，约莫已经是晌午了。如雨细如牛毛，但见老太太迟迟不发声，众人站着腿麻，已渐觉无趣。两位儿子邀请村里乡亲到家中做客，很有点炫耀的意味。见众人要走，只得好言相劝。兄弟二人在家门口摆了案桌，用喜庆的红布铺着。然而天色是阴冷，把桌布氤氲成了一摊蔫番茄。

弟兄俩为了这次传家宝，可谓是不远万里。平日过年，也不曾回家与老母亲团聚，这回一个电话便如十二道金牌，两人放下手头重要的工作，乘飞机再转大巴和面包车，颠簸了整整一天也要远道而归。

兄弟拆了上等的铁观音招待众人。眼见着茶汤成了温吞水，茶叶沉了底似破碎河滩上搁浅的木舟，很是乏味了。

村里年纪稍小的孩子在外头疯跑了一阵，早把果盘里五颜六色的糖都挑走吃光了，光剩下些花生荸荠和几颗寡淡的干红枣。小孩们又饿又困，便嚷嚷着要回家。地上随意散着女眷们嚼碎的瓜子壳，被无数只带着泥土的脚踩烂，乱糟糟的。

终于，蒋老太清了清嗓子，似有话要说。

长子本来等得有些不耐烦，在院子踱来踱去，心如猴抓。但好歹母亲有了动静。他赶忙示意妻子拿来一小罐晶莹剔透的燕窝。

雨势又逐渐大了，一颗颗落下如掷地有声的豌豆。他感到脖子后猝然溅了一滴凉意，还当作是树上碰碎的雨砸了下来，用手摸着，疼痛如烧红的针般刺入了他的指尖。定睛一看，居然是条蠕动的绿毛虫。大儿子吃痛，本想大叫一声，却怕众目睽睽下丢了脸面。只得咬牙将虫抖落。手指早已肿成了腌好的紫萝卜，但这如何能阻止他尽孝的决心呢。

"娘，这是罐燕窝。我特意买来孝敬您的。"大儿子弯腰走到老太跟前，笑意似乎从嘴角攀上了耳根。老太微微点头，她没有接也没有拒绝。大儿子只得放在一旁的案桌上。老太脸上的笑更慈祥了，更像一副像佛教里的观音壁画。

难怪老太太长寿，果真是母慈子孝，天伦之乐。这等福气，是常人眼羡而不得的。几户人家来看热闹的长子纷感愧怍，便自觉退出了人群，回自家田里干农活去了。

二儿媳妇眼见大势都往一边倒，连忙抓住蹲在地上的儿子。小朋友第一次到农村，很是好奇，召集起新结交的小伙伴，翻出家里剩下的鞭炮，摔着玩。屋前响起零星而喜庆的啪啪声。鞭炮碎纸屑慢慢被雨淋透，成了地上暗红的淤泥。

"这孩子长得像洋娃娃。"村里的媳妇看着蹲在地上玩耍的孙子，颇有些称奇。

山里农村交通闭塞，蜀道实难。连大学生都不曾出几个，更不要说全程受到外国教育的孩子了，可不都围过来看了嘛。

二儿媳妇内心嫌着农村人见识短，但明面上还是让儿子乖巧得和众人打招呼。

"我的儿子从小就在国际学校上课，成绩也好得很呢。"

"我就说，果然是念过好些书的。"

二儿媳妇恨不得拿一支金唢呐，把乡亲的称赞吹到老太太耳朵里。

"娘，您以后和我搬到城里住吧，别守着家里几分菜地了，儿子带您享清福。"大儿子在安家落户十年以后，首次主动请缨起来。

"你这样就没意思了，也不想想每月的生活费是谁给娘打得多。"二儿子面红耳赤地反驳。

这一对同根生的兄弟，为了一个白玉簪子居然要煮豆燃豆萁了。他们越靠越近，像哮喘的缝纫机似的争执不停，几乎要打了起来。

"拿去，都拿去。"蒋老太终于发话了，众人安静下来，屏息以待。老太将装有白玉簪子的木盒伸到了兄弟俩当中。兄弟俩突然同心同德了，他们像捕食猎物的饿狼一般扑上前去。盒子在半空中划过了一条完美的弧线，白玉簪子就掉了出来，一抹皎洁的月光留下了昙花似的倩影，最后落到了肮脏的水泥地上，粉身碎骨。

君子比德于玉，便宁为玉碎，不为瓦全。如此也可戒了贪嗔痴，留下六根清净，亦是一种美事。

春天里的遇见

　　中学的时候我爱上了金箔一般黄灿灿的油菜花，它们在芳草萋萋的野地里如倾倒的桂花酒般泼撒、铺展、奔涌，让人醺醺然跌进了杨万里篱落疏疏的小径中。"平野菜花春"，至今我仍爱独自一人去乡野赏油菜花，远离尘嚣。

　　在徽州自驾游，远处是徽派建筑如"兰羞荐俎，竹酒澄芳"的淡绿浅青，粉墙黛瓦的村庄里烟熏雾燎，闲言碎语，有着沸腾的烟火气。在江南你能看到屋檐上小青瓦缝隙里蓬草的灰绿色，阿婆菜篮里鲜嫩碧绿芫荽，看家护院的黄狗在门前假寐和漫山遍野的油菜花。

　　一路前行，登临徽州连璧式的戏楼，四根角柱上设雀替大斗，大斗上施四根横陈的大额枋，藻井上雕刻着绯色舞妃莲，像是闺门旦临台时的水粉胭脂。"良辰美景奈何天，赏心乐事谁家院"？幻想着一个妙龄少女登台，满头珠翠，一身花神的素白对帔，水袖如妩媚的眼波，如翻手的朝云般流转。曲柳木地板被春雨濡湿，染成了枯朽老树的深色，它们呻吟一样吱呀着，对着尘封往事错愕叹息。

忽然耳畔传来我的名字，很轻却又很熟悉，像柳梢拂面惹人心头悸动。回过神来的时候，我向戏楼下张望。是一个一身始祖鸟运动装的男人，胸前挂着相机。从轮廓我认出那是我的初恋。我无忧无虑的少女时代，他曾经骑着自行车载我穿过无锡城的街道，从小巷到郊外的油菜花田。

世事如烟，从前的记忆像不断加深的黄昏，漫天的火烧云从生锈了的熔炉里逃逸，与整座城的金黄的油菜花海交相辉映。夜深忽梦少年事，那个摘黄花的男孩曾无数次出现在我的梦里，关于爱情的憧憬，它们都是被大风吹拂的油菜花，摇曳在荒原里。

与故人重游，柳蘸鹅黄融融纯色，共赏之人就在身侧。"好久不见。"我用了很大的勇气说出口。然而田野在阳春吐翠披绿，一切都是春意盎然的美好模样。一半是为了避免尴尬，在金黄的油菜花海里我情不自禁变成了一只追逐春光的粉蝶。繁茂的油菜花有半人高，一簇簇嫩茎顶着黄花立于田野之上，像是缀着蜜蜡的翡翠簪子。脚底踩着湿漉漉的泥巴，我像个孩童般扑入油菜花田的深处。明黄色的花瓣如蜜蜂的薄翼般轻，在一缕微风里扇动起来，萌得像就要融化的奶酪。

他在后面慢慢欣赏风景，手里举着摄像机，咔嚓声不时响起，大概是在拍铺天盖地的油菜花，或者是热爱风景的人。阳光绚烂，流金溢彩的油菜花像蒲公英般就顺着田野的脉搏蔓延流淌，和十年前一样，起伏的油菜花毯宛若一带黄金绫罗，这是献给春季的所有尊敬与热爱。

等出来的时候，毛衣上沾满了油菜花粉，斑驳如香椿树隙滤过的阳光。他从黑色耐克的腰包里拿出了纸巾递给我。我有些不好意思，只是胡乱地擦拭了一通。就称饿了，他提议去一家美团评分很高的农家乐，离花田很近，只要走五分钟。

路上风景如画，桃花在仲春里飘落着粉红的花瓣，像要变成一朵融入玫瑰朝霞里的烟火，绚烂如斯，宛若在山溪野径里演出一场欢喜的黄梅戏。两岸柳枝青翠欲滴，白鸭悠哉，从稻田摇晃着横穿过泥土潮湿的马路，穿过菜花，抵达春水新生不满塘的湖畔。我们有一句没一句地聊着，内容大概是安徽的风物之美。偶然有"惊起一滩鸥鹭"的车铃，宛若风吹屋檐下一串串晒干的白玉蘑菇，扬起鸭掌纹里寂静的尘埃。在一枝春带雨的梨花船橹划开的柔波里，青鱼苗被柔蔓的水草与藻类纠缠，等待着夏天长成真正的鱼。那些白鸭在每个不重样的春天里闲庭信步，和我一样蹭的满身花粉。

再穿过一小片油菜花海就是农家乐了，我们一前一后地在泥泞的田埂行走，拨开一株株熙攘着的油菜花，花香迎面涌来，我像迷失了自己的蜜蜂。一段春光属菜花，这也是我们的春光。恍惚间我又想起了南京漫山遍野的油菜花，像一桶被打翻的黄色颜料，曾经勾勒过梵高向日葵。裹着满身浓郁的油菜花香，他叫住在菜花田里躲蜜蜂的我，将一束明黄的油菜花递到我手中。我噗嗤地笑出声，遍地都是油菜花，你采这个给我做什么？最后我没有将金子一样珍贵的油菜花束带回家，也没有守住一个与他共赏油菜花开的季节。

直至现在才惊觉，一粒小小的菜花像极了女人的金戒指，有种不切实际的虚荣，原来油菜花的美，是让人回忆和追思的。

在充满烟火气的农家乐里，我们临窗而坐，玻璃桌子有些油腻，他用大麦茶洗了陶瓷的碗与筷子，又重新添了一杯热水。点了当地特色，糖醋鱼，香油凉拌椿芽，春笋母鸡汤。等上菜的时候，我们边聊着同学的近况，等实在无话可说的时候，我抿了一口温吞的大麦茶。"今年的油菜花开得真好。"他探头望窗外，大地上是铺天盖地的黄金地毯，他好像在看风景，又仿佛在想念陈年旧事。给你看看刚刚拍的照片吧，我接过摄像机，Genius 的像素很高，油菜花瓣上的雨水都一清二楚，滑动着相册，看到了一张抓拍，我在油菜花丛里捻花回眸，拉近照片，眼角的鱼尾纹被无限的放大，粉底也遮不住，细密如干涸的小溪支流。

　　你还是和当年一模一样。他拿过相机，深吸了一口气，感慨道。屋外，被篱笆围住的白鸭嘎嘎叫着，像是在召唤几年前，那个遍地垂柳的春天。在菜花田里我如梦初醒，人生也应当如油菜花般金灿灿的吧。

　　当夜，在异乡的旅店里，我做了个神异的梦。月亮像一缕树上飘落的蝉鸣，我裹着轻盈的月色奔跑在南京久违的原野上，可这里的关于爱情的油菜花海不知所踪。突然雷声响起，春雨如暮春的梨花瓣密集地飘落，熄灭了旧国故都的灯，浇淋了我，和我身后漫无边际的本该野火般烧不尽的油菜花海。一棵一棵的油菜花，在黑夜里温顺起来，低头不语。这里大概是我的心。

蒋婆婆，我又想吃枣子了

三生有幸，与你相遇

一辆红色的小轿车悄然驶入泥泞的乡间柏油路，天正下着蒙蒙细雨，宋楠将脑袋靠在颠簸的车窗上，看着道路两旁的绿树在细雨中簌簌向后退去。

今天妈妈扎的麻花辫有点紧，她摸了摸发梢的蝴蝶结。

"楠楠，妈妈要生一个弟弟了，你先和爷爷奶奶住一段时间。"

爸爸将她的行李放在奶奶家门口，驱车离去。

"爸爸别走……"

宋楠的呼喊被融化在牛毛一般的细雨中消失不见。

爷爷奶奶下地种玉米去了，不知道中午能不能回来呢。

宋楠坐在屋檐下的竹椅上发呆，她开始想家了。

她到奶奶家的那个下午，村里的一群孩子就好奇地过来看这位新伙伴。

"我们要去偷枣子，新来的，你要一起吗？"

说话的是二虎，他比所有小孩都高半个头。

小孩的事情，怎么能算偷呢?

"好。"

话音刚落，一个孩子就把"作案工具"塞给她：几只叠在一起花花绿绿的脸盆。

宋楠扭扭捏捏跟在孩子后面，她有些怕生。

"那枣树是蒋老太婆的，她凶得很，大家待会小心点。"

"听说她以前还是老师呢，不过因为她的孩子走了，才变成这个样子。"

大家一路叽叽喳喳讨论着，很快就来到了枣树下。

那棵粗壮的枣树枝繁叶茂，绿云一般的叶间透着诱人的红色，枣子清甜的气息让大家兴奋不已，有胆大的孩子已经爬到树杈上，抱着树枝开始摇晃了。

二虎将两人高的竹竿撑在地上，很机灵，转头熟练开口。

"宋楠，你去老太婆家门口望风。"

"行。"

她低头扯着衣襟，挪到了门口。

其实蒋老太婆若真的发现了这群孩子偷枣，宋楠听到了屋里的动静也来不及向大家汇报，毕竟屋子离枣树不过数米远。

枣树在风中惊声尖叫，然后是一颗颗枣子落到盆里的咚咚声。

"吱呀——"

受潮发霉的木门似是被风推开了，里面走出来了一个老太太，穿着青蓝色丝绸的短衫，满头银丝很整齐地梳在脑后。

"谁在那里?"

老太太沙哑的声音不怒自威。

宋楠愣住了，小伙伴们纷纷作鸟兽散，她刚想逃跑，却因为巨大的恐惧原地摔了一跤。

她趴在地上，那些被竹条鞭打的记忆在她脑海里深刻地疼痛着。

宋楠的手臂被紧紧地抓住，老太太粗粝的手掌蹭得她生疼。

她爬起来，却不敢直视老太太的目光。

"小姑娘摔疼了吧？"

出乎意料没有谩骂和指责，宋楠惊讶地抬起头。

蒋老太的眼中似乎有旧时代沉淀的温柔，看向她的目光有些复杂。

"对不起，婆婆，我不是故意的……"

宋楠嗫嚅着，脸颊通红。

"不要紧，跟我进屋吧。"

她注视着宋楠的脸，有种失而复得的狂喜。

屋子收拾得很干净，八仙桌上摆着一个放着枣子的果盘。

"小姑娘，你叫什么名字？"

蒋老太拉着她的手问道。

"宋楠。"

"好，我以前没有见过你。"

"妈妈要生弟弟了，我到奶奶家住一个暑假。"

宋楠的目光忍不住瞥向桌边的枣子。

"一个暑假……"

蒋老太抓起一把枣子，往她手里塞，语气格外亲切。

"吃呀，自己家的枣树结的果。"

宋楠小心翼翼地塞到嘴里，枣子清甜爽脆，她似乎从未吃过这么甜的枣。

"比你在城里买的好吃吧。"

宋楠附和着点头。

"以后别和那群孩子在外面淘了，到婆婆家，婆婆教你读书。"

临走的时候，蒋老太给了她一袋枣子，叫她带回去吃。

暮色四合，爷爷奶奶忙完农活就回来了。

"今天前巷的蒋婆婆给我了一袋枣子。"

"那个老太婆啊，一直一个人住的，你别多和她来往。"

"哦。"

宋楠敷衍答应着，心里却很不认同。

她经常去找蒋奶奶读书，在去蒋老太家的路上，要走过一条窄而深的巷子。

水泥路久年失修，坑洼不平。

"这不是宋楠吗？"

同村的孩子们不知从哪里窜出来了，好像一群聒噪的麻雀。

她不知所措，有些紧张地向后退。

"天天和那个老太婆在一起，你是怪物！"

二虎抱臂站在孩子群间挑衅着。

宋楠攥紧了拳头。

"你这个怪胎，什么时候滚回家里去。"

"我们都讨厌你！"

其中有一个男孩居然拿了石块在手里掂着。

在宋楠已经做好受伤的心理准备时，一个低沉的声音突然响起。

"到别处玩去，快走开。"

宋楠回头，婆婆脸上满是怒气，手中拄着的黄木拐杖随时会砸向那群孩子。

"怪物！"

他们心有不甘地逃走了，临走时还不忘把石块往宋楠身上扔。

宋楠抱头蹲下，石块意外击中了蒋老太。

"走吧，我们回家。"

蒋老太牵住她的手。

"婆婆，你没事吧。"

宋楠看到婆婆额角暗红的鲜血，几乎落下泪来。

她想起包里的创口贴，撕开包装纸，贴到了婆婆额头上。

"婆婆，您千万别让伤口沾水，可疼呢。"

"没事，婆婆不疼，没伤着你就好。"

日子一天天安然过去，那天她在蒋婆婆家听课听得心生困意，不禁趴在玻璃桌上，目光四处游走。

在那玻璃桌下压着一张老照片，因为年代久远它的边角开始泛黄。

照片上是一个扎着小辫儿的女孩，抱着一只白色的玩偶熊灿烂地笑着。

宋楠瞥见，似被一只冰凉的花蛇缠住，脊背都僵直了。

世界上怎么会有人和自己如此相像，一瞬间她突然懂了。

她端正坐起来，没头没脑地说。

"婆婆，我会认真背诗的。"

偶尔，当宋楠能流利背出前一日学的所有诗句时，蒋老太会端出一盒糖果盘，里面还混着过年时喜庆的玫红色彩纸条。

宋楠喜欢玉米糖，咬一口能甜到心里。

可是蒋老太不允许她多吃。

"仔细你的牙。"

她喜欢婆婆的枣子，喜欢她念的诗，好像也喜欢起这个婆婆了。

她时常觉得这里才是她真正的家。

时光之如白驹过隙，忽然而已。

临行的前一日，天空依旧细雨霏霏，宋楠仿佛回到了初来的那一天，别离遥远得像下一辈子的事情，身边只有不尽的枣香和书香。

"明天我爸爸就要把我接回城里了。"

酝酿许久，宋楠心中沉重，蒋老太的钢笔突然顿了，在纸上留下了一大颗墨蓝的泪。

她看着宋楠，眼里的光突然熄灭了。

"好，回家好啊。"

"你说都到秋天了，怎么还是这么闷。"

蒋老太微笑着站起来，背过身去，可起身的时候宋楠看到了婆婆眼角有欲落的泪。

"婆婆，我寒假再来看您。"

宋楠觉得心被划了一道又细又长的伤口，密密麻麻的疼。

"楠楠，你等一下。"

蒋老太佝偻着身躯转身向里屋走去，她蹒跚的步伐有些急，像是要留住什么。

"这些玉米糖，你带上吧，回去慢慢吃。"

宋楠拎着那装满糖的红色的塑料袋，心里悲凉起来。

"婆婆，我不舍得走。"

"去吧，等放假再回来，婆婆会等你的。"

蒋老太温柔慈祥地笑着，和她挥了挥手。

宋楠鼻子一酸，"哇"的一声哭了出来，透过被雨水和泪水模糊的视线她仿佛看见了很多年后满头银丝的婆婆还在这里慈祥地望着她。

她觉得和婆婆在一起的地方，才能叫家。

雨突然下大了。

可惜蒋老太没有撑到下个春天的到来。

她托人给宋楠寄了一个匣子，里面有一张娟秀的楷体小字：前程似锦。

可是比起前程似锦，宋楠希望能永远做一个一知半解的学生，可以永远陪在婆婆的身边。

匣子里还有一个银色的荷花平安锁，上面挂着的铃铛已经发黑。

平安锁，岁岁平安，平平安安。

宋楠将平安锁放在胸口，银铃轻响，她突然想起婆婆教她的一句诗。

人面不知何处去，桃花依旧笑春风。

蒋婆婆，我又想吃枣子了。

珊瑚耳环

　　七八岁那年，我趴在餐桌上，看玻璃缸里的三条金鱼游来游去。绣满粉色玫瑰的老式桌布上缝着蕾丝边，它们将我的脸蹭得生疼，不久就像火漆章般给我黝黑的小脸上烙印上了一团俗不可耐的玫瑰花。鱼缸新换过水，母亲倒上了棕色的鱼粮后，鱼们立刻活泼起来，宛若三盏湖底飘荡的大红灯笼，摇曳生辉。突然，母亲唤我到房间里去，说是给我看些好东西。她从衣橱柜的深处拿出了一只带锁的檀木盒子，盒面上有一支纤细的、描金的孤挺花。打开银锁，盒子里躺着一对红珊瑚耳钉，焰火一样的温热璀璨。

　　这是父亲出差带回来的，母亲说是用红珊瑚所雕刻，贵而难得。我被它的美惊艳了，心里突然一阵悸动，宛若一池塘的绯鲤被春光搅散，浮出水面吐泡泡，漾起无数的涟漪。我情不自禁想触碰这对珊瑚耳环，母亲却轻轻拍回我的手，又给檀木盒上了锁，放回衣橱里。"等你长大都是你的。"母亲温柔地对我说。我有些失落地走出了房间，然后坐在餐桌前，用手撑着头，和刚才一样欣赏着我的金鱼。在清澈的鱼缸里，我恍惚看到了珊瑚耳钉和金鱼一起游动着，就像鲜红的落日，游弋在波光粼粼的海平线上，顷刻它们化身成为了赤色睡莲，火一样燃烧起来。关于耳垂上两粒血似的胭脂红，在我心里留下了如此深刻的印象。由此我突然羡慕起成年女性神秘而繁复的美丽起来。那锁在盒里的风情万种，成为我日后无数关于美的幻想启蒙，而成年仍然是很遥远的东西。

　　三年级，学校组织去水浒城春游。做旧的巍峨古城墙脚下杂乱生着荒草，城门前飘摇着赤红色的战旗，是易怒的披着铠甲的红鲤鱼，在北宋与虚妄间打挺。我很喜欢这古老的风景。和小姐妹携手去了街市，那里有门前栽种杏花树的酒楼客栈，一个穿着古人的棕褐色麻衣、脚蹬黑布鞋的店小二热情地招揽生意。我们连忙摆手说不能喝酒。可是他却说有小孩子也能喝的酒酿，比糖还要甜。连珠炮似的推销下，我们在快淹没脖子的柜台前奋力垫脚，将信将疑地掏出了十五元人民币。付完钱，我们坐在临窗的木凳上眺望，一阵含着梨花香的微风穿堂而过，花影扶疏，将我们的发丝和芳心吹乱，风又自粗糙的水泥地上拂过，清扫游客吐了一地的瓜子壳，春风会从四处涌来，川流不息地播撒着关于爱的种子。小姐妹指着门前的酒坛问我，里面真的有酒吗？酒坛被漆成颜色极浓郁的墨翠，宛若一潭很深的死水。坛肚上面贴着喜庆的红宣纸，纸上用遒劲有力的笔法落下一乌黑的酒字，显得很有宋朝的气派。大概是假的，你看它的封条都积了灰。我贴耳同她讲起了悄悄话。两碗酒酿很快端了上来，我要了梅子的，她要了桂花的。一碗米白的冰镇甜酒酿上堆了四五粒糖渍梅子，腌梅子的玫红汁水浸染了柔软洁白的酒酿，像夕阳里的雪景。只是梅子太酸而酒酿又太烈，只能闻一阵醉人的酒香气罢了。我们浅尝辄止，埋怨着离开了酒肆。然而很快新的爱就吸引了我们。

对面有个能言善道的小贩在叫卖她的发钗。彼时我们爱美得嚣张而艳俗，恨不得把所有金银珠翠玉石都戴在头上，暴发户一样繁杂臃肿虚张声势，宛若水池里开不动的重瓣莲花。那种感觉就像用青瓷海碗盛顶级铁观音，茶气如同农家炊烟，潦草而磅礴地升腾起来，暴殄天物只图个好看华美的阵仗，至于新火试新茶的婉约，我们是欣赏不来的。在她的摊位前，围拢着一群同来春游的女孩子，叽叽喳喳，麻雀似的讨论着。"这是某明星曾经戴过的簪子。"女人清了清嗓子，骄傲地举起手里那一盏亮银色发簪，发簪是凤凰的模样，上面镶嵌着五颗硕大的彩色宝石，凤尾垂下一串流苏，夸张而土气得很。而在八九岁的女孩眼中，那是女皇的冠冕一样珍贵而荣耀的存在。大家一齐崇拜地"哇"了起来。我们仰着脖子，央求她讲些女明星的故事听。小贩继续吹嘘起来，一些细节我早已忘记，只记得她说女明星的手很白皙，甚至于能看到跳动的青筋。关于明星的手我至今仍无从确认其真伪，连那天好不容易抢到的银凤发簪也早已不知去向，但我对于美的热爱却像迷失在津渡的月亮，从那时起不断坠河而亡，又连绵不绝地爬上树梢。

直到一次偶然间读了司空图的《二十四诗品》，才知道原来有些美和写诗一样，是含蓄内敛的，可以不著一字而尽得风流。

如渌满酒，花时反秋。

悠悠空尘，忽忽海沤。

美可以是纯净而自然的。我突然领悟了，比如雨后青草地的腥味，松树林的清香和苔藓的潮湿，都可以令人无比喜悦。含蓄之美像传统写意水墨画的留白，南宋马远有幅作品名曰《寒江独钓图》，一孤舟一蓑笠翁，水波仅寥寥数笔，却在清淡之中洪波涌起，烟波浩渺，意境跃然画卷上，此时无声胜有声。除了姹紫嫣红满树繁花，世界上还有许多淡然的美值得喜爱吧。

　　初中毕业旅行的时候，我同小姐妹两家去小镇旅游。此时我坐在床沿边收拾行李，将一条樱花粉的连衣裙叠好放在膝盖上。母亲打开她的檀木盒子。咔哒一声，银锁脱落，像部落的神秘仪式，一个精致而繁琐的首饰世界又展示在眼前。母亲生性朴素矜持，不喜华贵丰盛之物。她拿出一只晴底玉镯佩戴在手腕上，玉镯翻着雨过天青色。皓腕凝霜雪，母亲常年涂白茶花的护手霜，手腕带着温热微腻的香气，玉镯被养得润润的，氤氲着淡淡的湖水蓝，那是一种自持与婉约的炫耀，是内敛的美丽。我试探着问母亲，今年暑假能否打耳洞。母亲拒绝了，说等高考完。我只好恋恋不舍地翻出那一对珊瑚耳钉，捧在手心，那两粒让人朝思暮想的胭脂红啊。

　　小镇上有放孔明灯的店铺，就在废弃的铁轨边。店主人拿来毛笔，说是能在纸糊的灯罩上作画。"或者把你们的心愿写下来，很灵验的。"她慈祥地、笑眯眯地看着我们。有长辈在，我们才不会把内心深处的愿望写出来。用蘸着赤墨水的毛笔，我歪歪扭扭画了一朵红山茶花，大概是因为山茶花的花瓣浑圆，不需要太多的艺术技巧。夏夜的风很大，悬挂在墙壁上的白炽灯就在急卷的凉风里闪耀着，宛若树梢枯黄的树叶。油布一样的纸沙沙作响，很不好控笔，红墨水洇开来，它变成了在雨幕里盛开的山茶花，朦胧模糊，甚至于潦草，就像我的外貌，我自嘲地比喻道。终于，我艰难地落下署名。小姐妹也已经画完，我们点燃了底部的棉花，两盏古老的孔明灯破空而上，淡淡的黄色越飘越高，断线风筝似的与我们渐行渐远，最终变得如同悠长夏夜里的萤火虫那样，光亮微弱。或许它会飞到九重天的银河，成为一颗太阳系的恒星，也有可能燃料耗尽，落到一片荒凉的原野里成为肥料。我宁愿相信前者，而那盏琥珀一样的孔明灯，此时也在天空凝视着小镇的熙熙攘攘，窥探着每一个放灯人的心事。或许只有我知道，那红山茶花盛开的孔明灯上藏着我对于美丽的未来，有着隐秘而纯情的期待。

我知道童年远去，幼时玩伴会像赤金色沙洲上的鸥鹭，在黄昏的芦花深处被乍起的秋风惊起，然后和所有候鸟一样飞到更南的南方，那里水草丰茂，岸汀芷兰。而我离群索居，独自停留在远处，在玫瑰云下彷徨。晚霞像葡萄酒般醇厚，我的脸也莫名其妙泛起了酒醉的红晕，最后一次知晓她的行踪是在高中某天打开社交软件，我看到了她的动态。在国外的海滩上她戴着一副宝格丽的墨镜，飘起的黑长发，一对钻石耳环，白色纱裙罩住了她那白嫩的小腿。她去国外留学后，我们的联络逐渐变淡，自此以后九年同窗挚友竟不知彼此的去向，而这是她的十八岁。

再回到我的高中时代，那个我塌鼻子，黑皮肤，戴着眼镜牙套，流着厚重齐刘海的时代。在乏善可陈的高中生活里，我像桃花树苗一样开始发芽抽条，有着灼灼其华的野心。那些关于美的追求是盛开在轻浮俗世里的一朵素白桃花，金属般倔强而纯粹。我越发不满足于现在的容貌，遂开始了对桃面朱唇柔膝的神往。同窗好友涂了颜色很淡的变色口红，我记得那是纪梵希的粉色小羊皮。只是一抹，惨白的嘴唇就有了朱唇的韵味，有了樱桃樊素口的韵味。就好像料峭寒冬里一朵含苞待放的红梅，小小的一粒朱砂红像我们虚慕春天与爱情的心。丹唇外朗，皓齿内鲜。她变成了曹植笔下翩若惊鸿的洛神，而我只是在无数次求美过程中折戟沉沙的小兵辣子。我只有润唇膏，在凛冽寒风到来的深秋，母亲将一支润唇膏塞在了我的行李箱里，叮嘱我天干的时候多涂涂，嘴唇不容易开裂。

对肤色的执念在高二达到了顶峰，在几年咬牙切齿地吞咽牛奶却仍未变白以后，黝黑的皮肤像麦芒堆砌的锋利镰刀，明晃晃而心满意足地割伤我的耐心和理智。在追求肤如凝脂的大流里，我背着父母拿出积蓄已久的零花钱，在网上购买了据说能让肌肤白似牛奶的美白泥。在宿舍的镜子前月光流动着，随着水笼头的开合，月光和金钱碎银子似的叮当作响，夜里很冷，月色结着一层白霜。我像黎明前的箭在弦上士兵，义无反顾地将和水的美白泥厚厚敷在面颊上。脸像刷了白漆的墙壁，我惊愕地看着镜子里的自己。然而皮肤灼烧的火热刺痛像一个响亮的巴掌，火辣辣地扇耳在少不经事的我的脸上。

原来所谓如假包换的美白泥不过是资本的营销与狂欢，而在歪门邪道的蛊惑下又有多少爱美心切的女子人财两空了呢？第二天起床，那张本来光滑干净的脸上宛若屐齿印苍苔，长满了苔藓般顽固而丑陋的疹子。虽然几年以后的大学里，我终于与自己和解，尝试了不同的生活，在加入篮球社以后我也爱上了小麦色皮肤，那是一种健康有力的美，热情洋溢，让人想起在塑胶跑道上阳光明媚挥汗如雨的样子。它像一枚涂油的古铜镜，折射着二十岁的我内心原始而纯粹的快乐。而每当我回想起那段日子——那段日子里，爱美的女孩子们成为了在枝头为了争春而闹腾地喋喋不休的杏花，我躁动着随大流，却怎么也不能变成白瘦幼的模样，不禁哑然失笑。

大一暑假去巴黎卢浮宫，看到了展览厅里的断臂维纳斯。爱神的雕像丰满匀称，面容姣好平静，是古希腊艺术鼎盛时期的产物。那微微扭转的，半裸的身躯两侧，是她失踪的断臂。这就是经典的残缺美，震撼了世人的美。维纳斯的手臂是什么姿势已然不重要了，她本人就是美的化身。如果能寻回过去，我将会在点燃红山茶花孔明灯的那晚告诉十五岁的自己，长大以后即使实现了穿衣化妆自由，你也没有变成理想中化着精致妆容，涂着明艳的梅子色口红，穿一身粉金色小香风裙子的时尚女性，享受青春最亮丽的馈赠。也没有像大人说的那样长大以后皮肤会自动祛黄，女大十八变，变成观音面。相反二十岁的你见识了更多的美，你不愿意接受精致美丽背后的牢笼和桎梏，你将会爱上高中深恶痛绝的宽松的运动服，喜欢扎简洁清爽的马尾戴着度数有些深的眼镜，穿梭在宿舍楼图书馆与教室之间，听课，准备考试或者是写作。还有，你每晚去操场跑一千米步。对容貌美没有那么在意之后，一切都变得那么舒服而健康起来。只是偶尔参加学校活动的时候，你会费心思在网上找化妆教程，或者是拜托美丽的校花舍友，为自己化时下流行的樱花妆。你就算不施粉黛，也有自信落落大方地在校园里学习与交际。无论是七岁的你，十几岁的你，还是二十岁的我，好好爱自己，悦纳自己的不完美是多么重要啊！

对了，你问那副觊觎很久的珊瑚耳环？它们现在正在我的耳垂上，两抹明艳而不妖娆的胭脂红，这仍是我最爱的首饰。可能因为是母亲的赠予，家人深情的爱意令它们更加珍贵，这像是两颗熠熠生辉的太阳，温暖着我在异乡的心灵。当然，这离我最初想要这对珊瑚耳环的年纪，已经过去许久了。

旋转木马

　　傍晚的时候，小雨总算是停了。刺球似的梧桐果散落一地，街道上棕黄的梧桐落叶，鹅掌般湿漉漉地黏在柏油路上和下水道口。枯瘦地只剩下骨架的寂寞梧桐树，宛若古老的结满蛛网的木质窗格一般，将黄昏带着青草气的雾霭割碎，屋外的被雨荡涤的嘈切虫鸣有些聒噪。好在夕阳方出，海藻般的云层渐渐消散，天放晴了。

　　她百般无聊地望着客厅的那幅油画《向日葵》，地板已经被拖了两遍，铜镜般锃亮地倒映着浮泛的夕阳余晖。手机铃声终于响起，她在红格围裙上擦净双手，急匆匆地按下接听键，然后又失落地挂掉电话。也算是意料之中吧，她的丈夫这顿晚饭又有应酬，然而他似乎忘掉今天是女儿的七周岁生日。一个星期前，他随口答应下来陪女儿去游乐园玩旋转木马的承诺终究是空头支票。

　　"宝贝，咱们穿好衣服准备去坐旋转木马喽！"女人努力挤出笑容，声调往上扬着，将失落埋进内心的土壤里。

　　"太好啦！"她的小女儿探出头来，笑颜如饱满可爱的太阳花。

女儿穿着崭新的嫩黄毛绒外套，嫩黄的衣裳好像是快要融化的黄油奶酪，一团柳絮般暖和厚重，所以她走起路来摇摇晃晃像是春日刚破壳的小鸭，惹人喜爱得很。女人蹲下来替她戴上小熊耳朵的绒线帽，又用因劳动而略粗糙的双手搓暖她的脸蛋，然后牵着她的手出门了。女人带着些许疲惫的倦容，脸上精心涂抹了面霜似乎也遮不住她的衰老，细密的皱纹倒像被雪花犁满的沟壑。女人涂了豆沙色的口红，长发披肩，当寒风袭来时她总是皱起眉头护住额前烫过的刘海。

　　去游乐园的路上，女人想起来茅城特产糖炒栗子，或许玩累了可以吃点解饿。在老街公交车站的拐角处，有一辆破旧的深蓝色凤凰牌三轮车，一对夫妻经营着流动的炒栗子摊。偶然疾卷起的秋风，将松弛的昏黄灯泡摇晃着。夫妻俩撑起当作货架的木板，又用石块压住了被风吹鼓的塑料膜。大铁锅里滚烫的沙砾与板栗翻滚，栗子与白砂糖融化后的焦糖香味飘来，每颗板栗油亮地映着昏黄的光芒。这小摊还兼卖炸馃子与加了坚果与蔓越莓干的酥米糖。由于她的丈夫爱吃甜食，女人就各称上半斤。

　　"来一份糖炒栗子。"女人从桃红的人造皮革钱包里掏出皱巴巴的二十元。

　　"好嘞。"那围着赭红流苏头巾的老板娘用锅铲盛起棕色的栗子，鼓囊囊装了半袋。女人接过来，用短短的指甲剥开热气腾腾的栗子，栗子肉黄澄澄的好像金块，白砂糖融了进去，甜得黏住了手指，果肉粉糯回甘，女人一颗颗地剥着栗壳，将完整蜜甜的栗肉放在女儿手里，自己则偶尔嚼上几块碎裂而干瘪的栗子。

　　"妈妈，我今天想坐白色的那匹旋转木马。"女儿兴奋地仰起脸，嘴里充斥着栗子肉而含糊不清。

"还是那只彩虹白马吗？"女人欣喜地笑。

"对，它是最厉害的小马。"一提到童话故事，女儿就像玻璃瓶的橡木塞子被打开，飞出无数只色彩斑斓的蝴蝶。她向母亲描绘那只鬃毛是七种颜色的能飞能跑的白马，女人则慈爱地聆听着。

"那今晚我们就多坐一次，好不好？"今天是女儿的生日，女人想尽力满足宝贝女儿的小小愿望。

"我最爱妈妈了！"女儿笑嘻嘻地抱住了她。

从拥挤不堪的公交车下站，就是女儿心心念念的游乐园。

"妈妈，那是什么呀？"被进门处的人群吸引了注意，女儿牵着她的手往人堆里窜。

穿着藏青外套的中年女人手握着冰糖葫芦式的货架，一根通天的酸枣木棍上打了些粗而覆着铁锈的螺钉，上面挂满了各式福袋，远看好像栖息着贝类的海边礁石。几个背着小熊坤包染着金发的女孩嬉笑地挑选着，凉风吹起她们的校服短裙，露出了白嫩的大腿。

"那是福袋。"女人告诉她。

"什么是福袋呀？是幸福的袋子吗？"女儿天真地扬起脸，脸蛋好像大雪初晴时的红梅，略显酩酊的懵懂。

"大概可以带来幸福的香袋吧。"女人模棱两可地回复，却到底没有心动的感觉，这不过是给年轻人的心理安慰吧。

"我想给妈妈买一个。"女儿欢乐地笑了，然后挣脱她松叶般枯瘦而微凉的手，往人堆里跑去。

"慢些，小心摔了。"她没有力气追上女儿的步伐，只能遥遥地喊着，声音轻得像香樟花吹落池塘后泛起的涟漪。

女儿到摊位前，踮着脚指向了一只藕粉色的小福袋，摊主像摘蜜桃般仔细地取下，递到她的手中。福袋半个手掌大，散发着中草药的清香，离枝樱花似的粉色的布料染得很美，上面用绛红的丝线绣着繁体的"喜乐"两字。女儿显然太小，还不认得复杂的繁体字，便好奇地问摊主："阿姨，这上面的字念什么呢？"

摊主弯下腰捏了捏女儿红苹果似的脸蛋，用对小孩说话的口吻慢慢回答道："这两个字是欢喜快乐的喜和乐，小朋友要不要买一个回去呢，很好看的。"

"那带着这个福袋，妈妈就能开心起来了吗？"女儿攥紧了手中的藕粉福袋，眼里燃起了烟火般绮丽的光。

"别乱说，妈妈没有不开心，就是最近太累了。"凄凉的夜风掀起了女人额前的刘海，眉上因撞桌角而起的淤青还没有褪去，隐隐作疼。她的累不都是徒劳地自作自受吗？饭桌上喷香的红烧鱼直到凉得结成了酱冻，她舍不得先动一筷子，丈夫醉酒回来的深夜，她打着寒颤却只能披上羽绒服为他清理刺鼻的呕吐物。还有无数只被砸碎的瓷盘和手指被扎破的鲜血……

她真的太累了，那些保佑平安喜乐的香囊或者符咒她不是没有虔诚地求过，为此她甚至信仰了佛教，过了一段吃斋茹素的清苦日子，可她每天的生活还是那样疼痛。她忘掉了自己曾经是被好好爱过的，也是在情人节收到过玫瑰花的情窦初开的少女，可她却早已经忘记了如何爱自己，如何用昔日积极阳光的生活态度抵御晦暗的余生。

"走吧。"她像被碎石粒砸中脊梁的猫，心口刀戳般疼了起来。她突然拽住了女儿幼嫩的小手，逃跑般离开了摊位，"旋转木马就在前面呢。"她安慰着女儿和自己。

游乐场里人不算多，有嘟起嘴吹泡泡的小男孩，父母在一旁宠溺地看着他的欢乐，还有戴着发光头箍脸上画着爱心的少女，三五成群拍着古灵精怪的照片。大摆锤上游客的尖叫流窜在月明星稀的夜晚，摩天轮五彩斑斓地一圈圈转着，女儿却只钟情于旋转木马一种。她们在绿漆的栏杆外等待。

快轮到女儿的时候，她眯着眼睛仔细观察起这金碧辉煌的旋转木马。顶棚的皇冠上结着许多跟着音乐明灭的小彩灯，像随风飘动的五色旗幡，欧式柱子上用油彩描摹着金发碧眼的长着翅膀的小天使，还有向前疾驰佩戴宝石鞍鞯木马，恍若一座流光溢彩的宫殿。

这一轮音乐结束后，女儿像抢着吃第一口蕨菜与浆果的小鹿，急切而轻盈地逆着人流，奔向了心仪的彩虹白马旁，她抱住那只冰凉的塑料马，一边渴望地踮起脚尖，奋力地朝母亲挥着手臂。女人冲她微笑，加快步伐走来，又将女儿抱上那匹白马上。

旋转木马的圆盘上有许多设备，有藤蔓与玫瑰缠绕的茶杯，南瓜马车的漆有些剥落，露着伤口结痂般的铁锈，远看倒好像是蹭满泥土的新鲜南瓜。还有矮矮的小白马。

突然女人眼中有了惊喜之色，仿佛看到了一件博物馆的珍藏品，那是匹桀骜不驯、仰天长嘶的黑色骏马，孤独冷峻像上古豫州冷兵器时代被遗弃的一粒篝火。它的彩绘很精致，肌肉线条如安东尼奥的大理石雕塑般健美。不知怎的，女人突然想起了大学时的一个午后，在弥漫着颜料苦味的画室里独自完成那幅向日葵的模样。

那个下午，半旧的画架上钉着一幅水粉向日葵的草稿。向日葵还没有上完颜料，花瓣慵懒凌乱，葵籽却很饱满，躺在淡蓝色细颈的花瓶之中。宛若春光明媚的晴天里外出野炊的农家少女，她的裙裾上还绣着开满田野的雏菊与马蹄草的图案。她细细勾勒着每一片花瓣的纹理，此时的她觉得青春就像诗人的灵感与遍地嫩草，野火烧不尽，春风吹又生。至于岁月蹉跎与容颜衰老，更遥远的像几十亿光年之外，天文望远镜试图观测的鎏金项链。终于她搁下画笔，伸了个懒腰，连翘黄的昂贵颜料顺着湿漉漉的笔尖淌了下来，滴在调色盘上成了一朵楚楚动人的太阳花。

已经是琥珀般薄媚的黄昏了，她清理完画室的卫生，便推开玻璃窗，落日熔金，玫瑰色的晚霞好像一尾游弋的鲤鱼，自窗外亭亭如盖的梧桐树下流窜而来，将向日葵燃烧成了如白昼般焚烧着的火焰，岁月似乎永远不会黯淡，纵使黑夜孤寂，前途永远是光明的。

回过神来的时候，结束铃像是警报，将她拉回了现实。那些流年往事生了潮湿的霉，她想起来时脑海里便宛若敲响了银铃般淡白的菌斑，惋惜的是曾经的事情皆已青烟缭绕，蒙了呛人的尘埃，可这又有何所谓呢？

就像是点燃的烟花棒，飘摇的碎纸屑与坠落的烟火融入带着余温金橙霞光里，浪漫消逝瞬间的悲哀，就像是她人生中那些绚烂绮丽的青春，它们终是在夜色里消散成了轻微的尘埃或者流萤，漂泊在记忆深处，偶尔浮现却只能唏嘘不已。

下一批游客也坐上了旋转木马，蓝色多瑙河的古典交响乐再度响起的时候，那个小雏鸭般可爱的身影一蹦一跳向她走来，只是手里似乎多了一株仙女棒般的东西。

"妈妈，向日葵。"女儿出现在了她的身前，手里还捧着一朵牛皮纸和玫红丝带装饰的单支向日葵，好像是举着太阳火炬的天使，女人惊喜地捂住嘴。

"宝贝，这朵花是哪来的？"那一瞬间，她觉得女儿是上天恩赐的送信使者，用一朵向日葵带她挣脱尘世樊笼。

"这是刚刚在出口，一个阿姨卖给我的，五块钱呢。"女儿稚嫩而骄傲地补充道，"客厅里有一幅向日葵的画，我猜你一定会喜欢的。"

时隔多年，女人收到最浪漫的花竟然来自可爱的女儿。她耳后生着一粒朱砂痣，当蒸汽火车般朦胧的月色撩起头发，就显得风情万种。不知道是因为吹彻的寒风冻红了她的耳廓，还是不留意沾染上了胭脂，女人幸福地低眉。她抱紧了女儿。

整整五元，是女儿一个月的零花钱，是好多颗她最爱的阿尔卑斯牛奶糖，她却愿意为让母亲欢喜而买一朵无所谓有无的花。而区区五元，她却舍不得让花瓶里点缀一株阳光灿烂，让生活除了小麦面包还有诗与远方。

想起了一地鸡毛的日子，她的心宛若一颗剥开了塑料纸的草莓硬糖，含在嘴里猝然地酸着。玻璃彩灯倒映在她雕塑般的侧脸上，剪出了白玫瑰般温柔多情的倩影，沧桑与皱纹被淡银的月色模糊，皎洁胜雪。从前生活不尽如人意的琐事压得她没有心情怀念画笔与向日葵，宛若带刺藤蔓般的纤细蟒蛇，无时无刻不缠绕着她，猎物几乎窒息。可出现在她面前的这朵花，好像是穿过漫漫黑夜，落叶森林晨光如薰风微熹，浸润着枝繁叶茂露珠闪烁的树梢。阳光像金箔般从天上剥落飘散，渗入淡黄的被濡湿的向日葵根部，唤醒了和向日葵一样的灵魂。永远热爱生活，向阳而生。纵然手持锅碗瓢盆的她被迫在柴米油盐的熏烟气里，可为什么不能活成捧着一朵向日葵的模样呢？

她接过女儿手里的那朵向日葵，牛皮纸与花瓣被秋风吹得沙沙作响，一如尼龙画笔摩挲着素描纸的感触。那阳光明媚的花香扑面袭来，或许她本该是生活在开满向日葵的花海之中的，生活的密码是把蜻蜓钥匙，有红玛瑙般的光泽，她的确不应该折断蜻蜓自由的翅膀。

　　回程的时候，女儿手里拿着两根折断的筷子，上面缠绕着蜜甜却黏牙的麦芽糖。她暗自盘算着，应当买一副什么材质的新画笔。

云　泥

　　星期二天空是阴沉沉的，就像一条人工运河，整个老街散发着灰蓝而廉价的潮湿的气味。闹哄哄的人群和车群像是哮喘患者，让他心烦意乱。

　　男人拐进了一家杂货店。

　　在最外的一排显眼的塑料货架上摆着糖果，男人拿起两包大白兔奶糖，仔细地看了看："老板，这些多少钱？"

　　"十五元。"营业员奇怪地打量着这穿着破烂的男人。

　　他递出手里那张被攥得皱巴巴的二十元。

　　营业员用食指和拇指捏过那张汗湿了的纸钱，将五枚硬币拍在收银台上。

　　男人收拢起硬币，拿着奶糖往外走。是的，他需要钱，家里原来的所有积蓄都给生了肺癌的妻子治病，可是妻子还是去世了，他从一个周末可以买小酒喝的工人变成了债务累累干着三份杂活儿的工人。他家里还有年逾七十的老母亲和一个读三年级的可爱女儿。

　　男人轻声念着女儿的乳名，像含了一块蜜糖。回过神来的时候，他心里被针扎似的一痛，他突然感到害怕：他想起那个和自己女儿年纪相仿的小女孩。

但是他的生活他的工作还要继续，"就这一票，干完我就改行了。"他心里悲哀地发完了毒誓。

他住的出租屋像是废弃的黑心小作坊，终日都是照不进阳光的，室内混着霉菌和潮湿木梁的味道。

在校门口，他等候着。校园里孩子们的欢声笑语，让他想到昨晚临睡前，女儿红苹果般讨人喜欢的圆脸："爸爸，我的好朋友们每天都有糖吃，你也给我买嘛，我想吃大白兔奶糖！"这个年纪的小孩子，哪有不爱甜的呢。

他抱住在床上撒娇的女儿，又将枕旁粉红的小兔子递给她，小兔子泛着洗涤过度的白。

"好，乖女儿，明天爸爸就给你买，你早些睡吧。"男人抚摸着女孩柔软的黑发。

"爸爸，我突然不想吃了，奶糖太贵了，等我下次再考双百分，你就奖励我！"他的女儿撒娇似的抱住了他的手臂。是的，他的内心突然柔软了，然后涌上细密的酸楚，就像有一只揉碎的柠檬。他想立刻放下工作回到那个破旧但是温暖的家去抱抱女儿。可是他不能够。现在他在瑟瑟秋风中，准备捕捉猎物的瘦狼。

男人随着放学的人群走，就是这个拆迁小区的楼道了。

男人在电线杆后观察了很久，一个穿着红裙子的小女孩，正蹲着逗一只很小的猫，男人缓缓地接近她："小姑娘，能不能帮叔叔一个忙。"

女孩抚摸着她的猫，是很瘦小的三花猫，爪子上灰得很，像是在废弃的建筑材料堆滚过似的。

女孩警惕地瞥了他一眼，然后垂下她的眼皮："我没空，你走开，别吓到我的猫。"

男人若无其事地踢着路边的石子，那颗有锋利棱角的石子正好砸中了猫的背，猫尖锐地叫了一声，逃向楼道深处。

"今天是我女儿生日，我给她买了大白兔奶糖，可能她一个人吃不完……"

女孩瞪大了眼睛："奶糖？你说的是过年时家里摆出来的那种？"

男人微笑，松开握拳的手，里面静静躺着两颗用白蓝蜡纸包装好的"大白兔"。"是的，我买了整整一袋奶糖。"

"叔叔，我也想吃，"女孩兴奋地探出头来凑到他掌边，宛若一只觅食的小猫，"我也马上要生日了，能不能给我两颗解解馋？"

男人慈爱地剥开糖纸，吹了吹糯米纸上粘着的灰。香甜的奶糖显露出来，他小心翼翼，喂到小女孩的唇边，女孩迫不及待地伸过头去，含住了那颗乳白的奶糖。

女孩冰冰凉凉的嘴唇碰到了他的手指的时候，男人的脊背麻酥酥地僵直了，一种异样的感觉涌到身体。那原始而纯粹的快乐，就像小女孩嘴里的糖。

"好吃吗？"

"好……好甜。"

"其实我家还有很多糖。还有……一大袋麦芽糖，别的零食我家也有，可惜快过期了，也没有吃完。"

女孩很天真，因为含着奶糖她说话含糊不清："叔叔，我今天可以陪你的女儿过生日吗？我会唱歌。"

男人似乎突然失去了兴趣："算了，我得快点回去了，再晚些女儿要着急了。"

女孩慌张了，她一路小跑跟在男人身后。"叔叔，我正好有空，您就带上我吧，我们一起给你的女儿过生日！"

"那好，你跟我走吧，我的家就在前面。"

终于，他们走到了一处仓库，闲置的荒无人烟的仓库，男人猛地回头，冲她笑了笑，然后是一块雪白雪白的手帕，像白色蝴蝶一样，飞扑向她的脸上……

此时，奶奶带着男人的女儿去菜市场买菜："囡囡听话，在自行车上坐好噢，奶奶买完豆角马上回来。"

"好！"女儿乖乖地坐在自行车后座上，用手指绕着她的红领巾玩。菜市场依旧闹哄哄像是一条通行着非法汽油船的运河。

突然，一个面容姣好的女子拿着一颗大白兔奶糖，向女儿谄媚地笑着："小姑娘，吃美味的糖嘛？"

竹叶舟

　　很多年以后，我仍然记得那两只搁浅在河畔的竹叶舟。人生是向前行驶的绿皮火车，沿途的风景本是无所谓有无的，可某些景色，在我这一生，却如同油柑果，越嚼越有味道，让我无比的怀念。

　　我的童年是和姥姥一起在乡下度过的。蝉在苦楝树上嘶鸣，盛夏的露水浓重，有几分乌龙茶的甘甜。某只从池塘里爬上岸的淡绿色青蛙，一蹦一跳穿过了清晨的石板路，钻到潇潇的阴凉的竹林深处去了。

　　小白刚刚睡醒，嫩如藕的脸上映着灯心草席的痕迹。我将从家中偷来的蔓越莓司康包在纸巾里带给她。司康上的黄油浸透了纸，满手腻腻的奶香。她笑起来很美，像晦朔之时的晴空夜里，一抹纯净的新月。她也伸出了手，递给我一块水果糖，手腕上系着红绳核桃格外好看。

　　小白是这个暑假，我新识的朋友。她很漂亮，有城里人的洋气。她喜欢穿带蕾丝花边的粉色蝴蝶结裙子，还有鲜红玫瑰般的小皮鞋。不知道为何她会来这偏僻的小山村里度过豆蔻年华的夏天。但是大概是离得近，我们常一起作伴玩耍，一起躺在芳香的草席上睡午觉，无话不谈。

今天，我们手挽着手，来到了清凉的竹林旁。我摇摇晃晃地抱着一只大木盆，放在了地上。盆里是刚盛的清水，泼了一路，在石地上像小兽湿漉漉的脚印。我们想叠竹叶舟玩，便在竹林里摘下几片未被虫咬的箬竹叶，洗净，做成两只小船，看它们在水盆里漂浮，一蓑烟雨任平生。看厌了，就蹲在地上，鼓起腮帮子朝水面上吹气，在惊涛骇浪中两只竹叶舟晃来荡去，像和自然搏斗的渔民，有意思得很。

小白提议到河畔放生这两只竹叶舟，我们捧着两条湿淋淋的碧绿的船儿，来到了河上游的踏脚石上，两只小舟随着湍急得发白的河流往下游流去，有千里江陵一日还的架势。我们踩着河滩的河卵石，尖叫着跟随两只竹叶舟。阳光下的河水波光粼粼。再往下游跑，一只竹叶舟却被困住了，河床变窄，蔓生的杂草拦住了它的去路。

小白有些扫兴，我踩进河流中，救下那只竹叶舟，将它放生。小白与我只是目送它缓缓离开，再也没有追逐的兴致。两只竹叶舟分开了。潮湿的裤管黏在腿上，我的心情莫名其妙地失落了，那个早晨，我们与竹叶舟不欢而散，这也是我第一次尝到离别的滋味。

初二的时候我随着父母到了城里念书，此城非小白的城，渐渐地没有了她的音讯。再遇见已经是十年后，大学毕业的我，到无锡城旅游，在同一个旅行团我一眼就认出那个笑起来眉眼弯弯的小白，只不过她乌黑浓密的双马尾剪成了利索的齐耳短发。

人生何处不相逢。好巧，我像儿时一样，冷不防拍了拍她的肩。她转头，辨认了良久，我们惊喜地相拥，彼此错过的十年，不过是蜉蝣般的一瞬。

小白高中没毕业就踏入了社会，现在已经生了个女儿。婚姻是爱情的围城，她被困在其中，最后不堪重负，满身伤痕地逃了出来。丈夫嫌她不能生儿子，用陶瓷花瓶砸向她的脑袋，将她头破血流地赶出家门。她撩起袖子，如玉条的手臂上，惊心动魄地露着一颗颗烟头烫出的伤疤。当小白讲出她的过往时，眼里平静地像一潭吹不皱的春水。

　　我心疼地抱住了她，她却挥手，脸上洋溢着春日桃花般的笑容，咱们这次就好好玩，说不定新的爱情就在无锡城等着我呢。听说江南风水养人，遍地都能找到真爱。我被她的乐观感染了，这一天，我们在蠡湖边划了塑料船，湖水是碧绿清澈，远处连绵跌宕的群山像水墨画，但是湖风很大，我们不约而同地想起从前的竹叶舟，便相视而笑。晚上我们找了家叫王兴记的面馆，要了二两猪肉小笼和两碗阳春面。无锡人真爱甜，白糖像不要钱似的放。小白皱起眉头，我吸着小笼包琥珀般的鲜美的肉汁，含含糊糊地说，那待会我再请你吃别的。小白摇头，大口吞咽起面条来。

　　回到宾馆，我们像童年那个满脸席印的夏天一样，躺在雪白的宾馆床上，本想彻夜长谈，我因为玩耍了一天而昏昏沉沉睡了过去。半夜醒来，我翻了个身，却听到小白的咳嗽声。我心里一惊，小白从来都是沾头就能睡着的。这次是她恰巧醒了还是根本没睡？我想起她从前洋娃娃般红润的脸如今清瘦成了黛玉的模样，心里一酸，便小声唤了她的名字。她果然醒着，我这次来忘带安眠药了，你快睡吧。她拍了拍我的肚子，像哄一个小女孩。在那个漆黑的晚上，我第一次理解了"无语凝噎"这个词语的内涵。

　　旅行很快就结束了，在离别的车站，我们互留了联系方式，我将一条戴了许多年的白金爱心项链取下送给她。一条寂寞的路又延展向两头了。

　　我坐上了那辆盛世于 20 世纪八九十年代的绿皮火车，在靠窗的位置我推起因为年代久远而变黄模糊的玻璃，连片的农田里小麦还没有熟，翻涌着新生的浓绿。我细数着一根一根经过的灰色电线杆，麻雀跳跃，从前的记忆跳跃，准确说应该是一切都在跳跃着后退着。

　　长大以后我热爱旅行，喜欢到不同的地方享受不一样的风情。当我打卡了一处适宜拍照的粉黛乱子草后，站在玻璃吊桥我吹着含花香的秋风，如果小白能来……我幻想着我们在吊桥上奔跑嬉闹的场景，然而小白在家里还有女儿要抚养，估计没有空闲吧。我的心里莫名其妙涌起一阵感伤，粉黛草滤过的悲风大概能吹进我酸楚的心里吧。

　　一次偶然的机会，我在网上查找资料，无意间发现了"竹叶舟"，这一词，它居然是一种文学意象，能指代短暂而梦幻的际遇。就像童年那个爱穿花裙子也爱笑的小白。

时光溯洄

春天大概是要从龟裂的泥土里发芽了。沉寂三个多月的湖面晃动着一汪墨绿色的山丘，白鹅如云般柔软游过，春回大地总是让人心生赞叹的。和友人去明城墙游览，巨石通常是叫人压抑的，然而这里却很亲切，你甚至能亲手触碰到其中的历史底蕴。青苔覆盖着老城墙的双唇，似乎封缄着千年前无数古老而潮湿的秘密。

望见此情此景，我不禁拨通了芙蓉的电话，想与她一同分享，电话那头响了好几声才被接起。"喂? 我最近在搬家呢，记得来吃搬迁宴啊。"电话那头很嘈杂，有争论着的人声，装修的锤子电锯和拖拽重物的巨大动静，我不便打扰，寒暄几句，就挂了电话。

芙蓉是我小学社会实践活动结识的朋友。她就像树上结的一颗新鲜的桃子，甜美而讨人喜欢。她有一头乌黑油亮的头发，编成麻花辫很美地垂在腰间。皮肤白嫩，血管清晰。我们在采茶活动中被分到了一组，她手脚慢些，而我从小做惯了农活，采茶自然不在话下，眼见她似乎完不成指标，我就抓了把自己青山一样铺满筐底的茶叶，放在她的箩筐里。湿润润的茶叶立刻铺满她饥饿的筐子，她热情地搂住了我。有时候，女孩子的友谊就是如此简单。

她是很自来熟的，就像一块清澈小溪里的鹅卵石。而从记事开始，我就学语很迟慢，而且不爱说话，家里人一度以为我是哑巴，同龄人能流利背诵骆宾王的《咏鹅》时，我仍一个一个词组地往外吐，像开不了花的苹果树，永远结不出红果子来。

就像生长在墙缝里的含羞草，我在人多的时候，恨不得将自己蜷缩成皱巴的一团。母亲曾请懂些玄学的风水先生看过，先生摸着那稀而白的山羊胡，说我是八字太软，"这娃成年之后，也容易留不住财。"透过啤酒底似的水晶眼镜，他浑浊的目光被放大，然后紧紧盯着我。我被他看得很不自在，就怯生生地躲到母亲背后。母亲呵斥我没礼貌，把我拽到身前，我又被迫迎上了那双蜡黄的，似乎能洞穿一切的眼睛。

"不能大富大贵就算了，能平安度过这一生就好。"母亲心下似乎得到了很大的宽慰，就眉开眼笑起来，将先生送出门去的时候，还殷勤地塞了一袋我们家种的橘子。

至于那个先生送的枣木护身符，大抵还是有用的。从学校骑回家要经过一条荒芜的土路，并且时常有野狗狂吠。我怕狗，每每将自行车蹬得快要冒烟，自从随身携带那片护身符后，路上野狗似乎就很少追逐我了。

在社会实践的自由活动时间里，女孩子们聚集起来，都在玩跳房子的游戏，看着她们上下飞舞的小辫与银铃般的欢笑，我眼羡至极。然而，担心因为跳错而惹人笑话，我谎称身体不适，选择在旁观看，心脏却扑通跳跃着，就像一只挣脱牢笼的鸟雀。多年后，我才意识到胆怯内向，令自己错过了多少种关于未来的可能性。可惜站在人前就不愿意抬头的毛病，却一直存在着。

晚上播放露天电影，大家搬起蓝色塑料凳坐到广场上，夜凉如水，一泼一泼侵袭着我们。那是一部歌舞极多的印度电影，隔几分钟就能令众人捧腹大笑起来。具体情节我已遗忘，然而当初炙热如炭，想去跳房子的心却仍然沸腾在胸口。芙蓉捧着一袋老式的花生牛轧糖，分给周围同学吃。我曾经很羡慕左右逢源的人，他们就像一颗饱满的珍珠耳坠，在任何耳朵旁都能圆润地熠熠生辉。当芙蓉将糖袋伸向我时，正思考问题的我犹豫了。她疑惑地望着我，然后抓起两颗塞在我的口袋里。"你怎么了，不舒服吗？"她察觉出了我的局促，我摇头，有什么东西像春寒般料峭地堵着我，明明呼之欲出的话艰难地塞在喉头，像卡着一根鱼刺。

电影播放过大半，我终于鼓起勇气，决定独自前往白天的活动场地，弥补我白日的遗憾。一路上，月光将漆黑的影子拉长，然后将它篆刻在大地上，我被自己寂寞的影子包裹起来。在月色里，我睁大眼睛搜寻着白天跳房子的痕迹。粉笔印被风擦得淡了些，再加上晚上光线昏暗，就更看不清其内容了。仿佛做贼心虚一般，我确认周围无人后，从路边捡了块趁手的石子攥在手中，心脏跳得很快。如今快二十一岁的我，早已忘记当初扭捏怕生的原由，但这种感觉却仍让我心有余悸，在迟疑是否要将格子图填补好时，我才意识到这块锋利的石子将我手心磨砺得生疼。

"你在干啥呢？"芙蓉突然从背后冷不丁拍着我的肩膀。受到了惊吓，我一瞬间我说不出话来。她笑嘻嘻地说，"你想玩跳房子啊。"不容我否定，芙蓉就牵着我的手往回走，说："老师要点名呢，幸亏我找到你了，我们快回去吧。"

集体宿舍是大通铺，二十张简陋的硬板床接连着，只铺着一层浆洗得发灰的薄床单。周围是窸窸窣窣的耳语声，热切而亲昵。我们被分配到靠近大门的位置，床铺紧挨在一起。芙蓉的长长的麻花辫散开，像瀑布般密，有两缕黑发铺到了我的床上。她翻过身来看我，"你为什么一个人去那里玩啊?"我将有霉尘气味的被子蒙住了脸，不好意思地说，"因为在这里没有朋友。"芙蓉哈哈笑起来："那我陪你去，我们做好朋友吧。"我受宠若惊地点了点头，只觉得那天被锁在门外的银色月亮特别温柔。

　　第二天，我们踏着熟睡的小径，到了广场上。是夜，铜绿在夜幕里如薄烟般摇晃着，微凉的虫声从深而密的竹林里透出来，山野的树在夜风里起起落落呼吸着，月色宛若一盏松油灯，幽幽青光倾泻向水汪汪的人间。这盏皓月就是春夜生出来的眼睛，明亮如银镜，它隔山含情脉脉地望着我们，突然想写一百首关于春光与时间的诗歌。

　　芙蓉用胳膊肘戳了戳我，你想什么呢。我回过神，说，没事。春风就这么浩荡得吹着，吹得松林沙锤般作响。她弯腰从地上捡了一块红砖，然后蹲在水泥地上，画出又细又斜的房子格，扔掉砖块，她拍了拍沾上灰尘的手。那些线条像刚启蒙孩童在练习本上潦草的字迹，然而我却如获至宝。在我漫长而社恐的童年，有一个同龄女孩愿意陪我做这些无趣而幼稚的游戏，是多么幸福啊。

　　月光是一张密密编织的网，笼罩着欣喜的我，清风也捏着竹叶针将漫漫月色缝起来，没有什么能够打扰我们，在这一方狭小而贫乏的世界里，我们踩着坚硬的水泥地，在双脚交替跳跃中，脚印缠绵，那月亮的清辉似乎被踏碎了，孤独和关于时光的概念都碾成了细沙般的粉末，无比古老。细密的汗将我们额前的碎发粘住，芙蓉累了，便停了下来，她插着腰，大口呼吸着，抬手看了一眼卡西欧的电子手表，我惊呼，已经九点半了，我们该回去了。于是疲倦地踩着熄灯铃，我第一次体会到白驹过隙的感觉。我们匆匆忙忙赶回宿舍，拧开生锈的水龙头，接了盆冷水洗漱，虽然一身寒气，我们心里却很快乐，与人独处的时间从未流淌得如此快，就像瀑布般冲刷生活的碎石瓦砾，那是再也不可复得的，整整七千二百秒的陪伴，我茫然若失。

日月如梭，在弹指瞬间，我们都已成人。年轮是树生长的痕迹，就像战车的青铜辀辘，树枝和它舒展的骨骼，在一场又一场的春雨中，噼里啪啦地生长。每每打开某本书或是提笔写作，我就可以端坐一整天，而我的思绪幻化为一匹棕色的野马，缰绳挣脱，跟随前人向不知何处的远方驰骋，蹄印深深雕刻进前人踏过无数次的黄土里，繁盛的回忆彼此纠缠，在无数飞扬的尘土与时光的洗礼中，塑造出如今的模样。

《枕草子》言：扫兴事，莫过于白昼吠叫的狗，春天的捕鱼围栏，三四月间穿着红梅花纹的衣裳。所以我爱上了一个词，春宽梦窄。春事无边，而欢事无多。

比如第一个春天就胎死腹中的小雏菊，许多事情在生命中出现的不合时宜。我曾网购过一袋白晶菊种子，商家的宣传图上，是一大盆茂盛的白花。商家声称它们一个星期就能发芽并且四季都能种植，此外还附赠小铁锹和营养土。信以为真，于是我下单了，自以为十五块就能买得一盆欲放而洁白的春日。

等快递来的那几天，我感觉时间无比漫长，我甚至还特地跑到市集上挑了一只陶瓷花盆。在播种下那些芝麻般细的种子后，不枉我每日精心照料，它们终于破土而出，发了几株嫩芽，像一缕掉落人间的春风，我盼望着，这些绿芽最终能捧出太阳般明丽的笑靥。期待一旦如同攀墙的爬山虎般旁逸斜出，便极有可能变成失望。于是我更勤快地将它们搬出去晒太阳，浇水，这些雏菊苗却日渐消瘦，直至枯萎。咨询过商家才得知，是水浇得太多，生生淹死了它们。我懊恼许久，并且发誓再也不碰绿植。当芙蓉得知我揠苗助长，结果适得其反的事情后，在一个周末悄悄送了我一束盛开了的小雏菊，"这是洋甘菊，种起来容易许多。"她一边安慰着我，一边挽着我的手去逛街，芙蓉的手果然很巧，我细嗅花香，心生欢喜，整整一大捧花中竟然半朵残败的花都没有。

此后我们还在"小春只隔一旬期"的初秋，特地参观过菊花展，看数百丛金丝菊在阳光下摇曳生辉，相伴清风，招蜂引蝶。只可惜在无数的菊花里，竟然没有一株是为我专门开放的，我突然失望起来，心想那盆白晶菊如果养成了，应该更美。

曾经因出门匆忙，忘记携带手机，所以整段旅程只得将双手插进空落落的风衣口袋里，很不自在。于是注意力都集中于玻璃窗外的风景，我耐着性子，数过往的车辆，如同想抓住一群随时要从屋顶起飞的麻雀。在红灯亮起前，一共有十五辆红色轿车和三辆大巴呼啸而过。真是无聊的举动，果然在2023年出行，不能没有手机。他们到底要川流不息地前往何处，我不清楚，我只是其中的一员，是一棵思维混乱的苇草。

不禁想起儿童时代，我趴在小汽车后座的窗前，看春日困倦在黄昏的锡惠山上，夕阳剥着炙热的橙子，将一瓣喂给墨绿色的山峦，天色如何渐渐变暗；想起目光如何跟随着走走停停的月亮，那是一轮永远不会西沉的圆月，硕大如盘。自从人生经历了许多悲欢与离别，习惯了失眠与熬夜之后，对于时光的概念也逐渐模糊起来，多病的身躯已然像蛤蜊淡黄色的裙边，在海洋中随波逐流地开合残喘。我似乎很久没有为小事而欢呼过了，比如为看到一只绿得很美的螳螂而喜悦，无数纯粹而原始的快乐消弭在现代社会的生活之后，在被麻痹的时光里，心也逐渐铜墙般坚硬了起来，我只知道那些如同雏菊般细小而清香的美好，很少再能感动我。儿时那如同风筝般高悬银河的月亮，终于落了。

曾经乘坐飞机旅行，从莫斯科到巴黎，香榭丽舍大街的梧桐还没有落，是青蛙手掌一般的嫩绿。由于时差的缘故，飞机上的时间似乎静止了。我从一场日出奔赴另一场日出，刚出生的太阳将云层一点点铺满金黄，极高的高空中，潋滟的光晕似黄蝴蝶在飞舞。这是莫奈油画里的太阳，热泪盈眶。从未想过能经历这么久的日出，宛若一场想象力离奇的白日梦。

印象深刻的一个画面，就是临近春节，家里折金元宝的情景。隔着玻璃窗探进来的阳光总让人想安心老去，时光慢得像长青的香樟树。奶奶戴着老花眼镜，手不停地将金色的纸箔叠成元宝，一只一只，似通往彼岸的船，灯火通明。曾祖辈的亲人大多在我出生前就离世了，我尚不能理解往生的含义，只是问些现如今听来颇具哲思的问题，诸如人死之后会不会有下辈子。奶奶总是不置可否地笑。

等到过年前几天，关起门来，就可以烧元宝和纸钱了，她拿出使用了许多年底部漆黑的铁桶，引燃一只金元宝后，庄稼焚烧的香厚重地弥散开，随着淡黄色的纸钱被一双虔诚而苍老的手扔进火堆里，火苗如生命般鲜红地爬了上来，给予人最深情的慰藉，在烟熏火燎中，纸钱与元宝化身为饱满的稻穗与粟米，化身为棉衣，化身为亲人最浓的眷恋，传给彼岸之人。我看到火光映着奶奶古铜色的脸颊，她在沉思着什么，大抵是关于农耕文明的一切。火焰最终化为灰烬，贫瘠归入尘土。烧完纸钱之后，袅袅炊烟从烟囱里升起，黄狗朝着西垂的落日狂吠，明日又是需要去田间劳作的一天，这就是人间的烟火。一年一年过去了，我逐渐长大，每次归家都希望日子能再慢些。那个梳着麻花辫趴在桌上看奶奶叠元宝的女孩子，终于长成了能独自面对人生况味的人。

一周之后，为了庆贺芙蓉的乔迁之喜，我不远百里前往她所在的城市。在火车上的两个小时，足够我写完《汉语强化教程》的教案，甚至还能有空欣赏窗外的风景。然而旅程仅十分钟，各色喧嚣此起彼伏地闹了起来，此时此刻电脑屏幕闪得我头疼，火车哐当的轰鸣声持续响着，脑海里似乎是开通了一条铁路，我头晕目眩。几次挣扎无果，遂不工作，戴上耳机，听喜马拉雅电台的有声书：《人类简史》。很佩服尤瓦尔·赫拉利的学识，将百万年的人类史浓缩于一本书，从南方古猿到工业革命，没有狭隘偏执的善恶评判，没有处心积虑的政治倾向，在理性里充满人文主义的慈悲。自白雪皑皑的北欧森林，到湿气蒸腾的印度尼西亚的热带丛林，人类以肌肉萎缩为代价，逐渐演化出智慧的大脑与可以精细劳动的四肢。智人的先祖已经存在整整两百五十万年。中华民族的文明短得就像黄河中一粒逃逸的沙砾，五千余年，是绣在夜幕上的星子，澄明如湖泊，能被弯曲的手指掸去，然而这些恒星却是踩着数百乃至上亿光年的孤独路途而来，即使最终它们都将化为灰烬，变成油尽的一盏枯灯，青烟退散。我们不过是不知晦朔的朝菌，地球更是浩瀚宇宙的沧海一粟，但这些却是我们的整个世界啊。

我的心突然轻松起来，当阳光跃过连片的农田，照耀在飞驰的列车上，洒下的每一束光都比金子还要珍贵。直到列车到站，旅客们背起行囊拥挤着下站，我才缓过神来，就像烂柯人握着把柄早已腐朽的斧头，岁月流逝，人们一边感叹时光易老，却任由它们像恒河沙般从指缝散去。但屈指西风几时来，又不道流年暗中偷换。

　　未来很漫长，不如和鹅黄的柳絮、凤蝶与油菜花籽一样，都熙熙攘攘着，去往在春天更深处生根发芽。

第五辑

花好月圆

花好月圆

　　暑热总能让人昏昏欲睡，孙庆替母亲经营着家里的杂货铺。这家什么都卖的杂货铺就开在几栋居民楼前，这是个叫金溪新村的老小区，悬挂着蓬乱火线的电线杆压房而过，上面还筑着几巢树枝旁逸斜出的鸟窝。火柴盒般拘谨的楼房，一年四季散发着酸臭味的垃圾场和慢慢老去的人，这里的一切都是老的。所以虽然异军突起的生鲜超市已经遍布整个城市，住在这里的人们仍然选择走下楼，亲自去菜市场或者超市买一日所需，总觉得这样比较安心。

　　孙庆是个毕业了十年的大学生，曾经在某杂志社工作过一段时间，然而按部就班的工作让他感到索然无趣。就选择了裸辞，帮母亲接管家里的不太繁忙的杂货铺。纵使街上经常有人对他的赋闲指指点点，但能过上逍遥自在的生活，空闲时吟诗几首，孙庆是求之不得的。更何况他顶上还有两个事业有成的哥哥，家庭的重担无论如何也落不到自己身上。

　　那是个躁动难耐的午后。烟黄老旧的电风扇每转几圈就会发出刺耳的呻吟，如同一头暮年的耕牛般疲倦不堪。路边汽车轮碾过柏油马路的低吼，屋内棋牌室里女人大惊小怪的欢笑，还有榕树上的乱蝉嘶鸣，都足以让人心烦意乱。然而久居鲍鱼之肆，这一切都不足以打扰他在藤椅上打盹。母亲刚从家里把西瓜送过来，麒麟瓜，剖成四分之一大小，装在绿色的塑料盆里。孙庆挑了一块籽少的吃了。

"老板，结账。"女人伸出那涂着亮片指甲油的，如玉笋的手指。那一身玫红的短裙贴近玻璃柜台，打断了孙庆的瞌睡，他挣扎着起来，将两瓶怡宝矿泉水和火腿肠装在塑料袋里递给她，然后抬眼就看到了那个让他骤然心动的女人。"像玫瑰花，而且是清晨露未晞的红玫瑰。"第一次见面以后，孙庆这样抒情地形容她。

这就是孙庆第一次见到那个女人的情景，近看眼前这个女子，她的烟熏妆在暑气里塑胶娃娃一样融化，眼妆模糊，灰黑色的眼影洇成一片，两瓣大红唇和人热吻过一样浮肿，口红溢出，像六七十年代的摇滚歌手。然而单看她的鹅脸，挺俏的鼻尖与天鹅绒吊带衫兜不住的酥胸，孙庆断定她肯定是个美女。

"要不要吃块西瓜。"孙庆莫名其妙有些讨好地将塑料盆递到她的身旁。

眼前的美女短暂愣了一下，又习以为常似的挑了挑眉："要多少钱？"

"免费的，免费的。"孙庆赶忙补充。

"谢谢老板，那我挑一块啊。"她垂眼微笑，眼睛很像狐狸。

"你住在后面的金溪新村？"

"是的，我来这里工作，就近租了个房子。"这女人倒也不矜持，从仿路易威登的老花手提包里抽出一张餐巾纸，就靠着墙，吃起汁水横流的西瓜来。

"你是做什么工作的？"孙庆问。

"这个不告诉你。"女人把西瓜籽吐在纸巾里包着，不知道是西瓜汁还是口红将纸染成了水灵灵的红色。

"我虽然是一个小商店的店主，但我还有另一重身份，我是个业余诗人。"孙庆突然自报家门，就好像只有一条真品钻石项链的女人，每次出门都要穿上低胸装，戴在脖子上醒目地显摆。

"诗人，真厉害，你叫什么名字？"女人饶有兴致地望着他。

"我叫孙庆，你也可以叫我巫山，这是我的笔名，曾经沧海难为水，除却巫山不是云。"孙庆骄傲地捧出了他的钻石项链。

"我叫红豆，就是红豆生南国的红豆。"女人一边擦拭嘴角的西瓜水，笑眯眯地回话。

"你的名字真好听。"

"还好，我妈怀我的那会喜欢吃红豆。"

"这西瓜好甜，都黏住我的手了，借我洗个手吧。"红豆张着那双玉手，孙庆引着这个叫红豆的女人到了后院里，金属水龙头被晒得发烫，哗哗溅着浮光跃金的自来水。红豆洗净了双手和嘴唇，说："下次我还来啊。"

虽然一瞬间，他曾怀疑过她从事的职业，然而孙庆陷入了对这个面容姣好女子的思念之中，开始后悔没有问她要微信。第二天红豆又来了。这次她买了数袋挂面，孙庆将店里新进的奶油小蛋糕给她装了一盒，"送你的。""这怎么好意思。"红豆推诿着，却转身拎起了沉甸甸的袋子。

"对了，能要你的微信吗？"他感到血往脸上涌。

"好啊。"红豆的头像是一张美颜过了的全脸自拍，朋友圈里也是她的生活照，美不胜收。

红豆隔些时候就会来这里买些速食品，或者日用品，比如榨菜，辣椒酱，蚊香，餐巾纸还有卫生巾。一来二往，他们慢慢熟络起来，在几次短暂的聊天中，他得知了红豆的老家在湖南的小县城里，结婚两年，但丈夫生了什么严重的肺病，所以她就出来赚钱给丈夫治病。知道红豆已婚的消息，孙庆的心仿佛扎进了肉眼看不清楚的木屑，有些拔不掉的刺痛。

　　孙庆在一个银杏满地的秋天收到了母亲的短信，短信的内容是让他这周末回家一趟。"终于回来了，我炸了你最爱的玉兰饼。"孙庆将大众轿车停在门口的时候，母亲正在洗一串绿葡萄。

　　他推门进屋，秋天毕竟是秋天，虽然只有六点十五分，然而天越暗越早，再加上屋外有一棵枝繁叶茂的大榕树，室内宛若蒙了一层墨绿色的遮虫窗纱，模模糊糊看不清楚。屋里只有厨房开了一盏灯，母亲精打细算地计较着每一度电费，她总不舍得多花钱。

　　孙庆将客厅的灯悉数打开，屋里顿时亮如白昼："妈，今天有什么事啊。"

　　"还能有什么事，我今年要去上海你二哥家过春节，就盼着年前给你找个女朋友谈着了。"

　　"妈。"

　　老式玉兰饼从前是有玉兰花瓣的，孙庆母亲说。当春风拂过江南岸，绿意覆盖的春天，把毛茸茸的嫩叶穿在身上时，羊脂玉一样素净温润的玉兰就开花了。当这幽香像春雪般细无声地飘到庭院里时，人们就可以做玉兰饼了。孙庆的母亲会摘下新鲜的玉兰花瓣，用清水洗净，然后在竹匾上摊开晾干，研成细末和在面粉里，再放入各式各样的馅包起来，有豆沙，芝麻，鲜肉，玫瑰的。孙庆小时候就喜欢鲜肉的。白玉团一样的玉兰饼下大油锅炸熟，厚实软糯的外皮变得金黄酥脆，肉馅鲜甜汤汁饱满，好吃到掉舌头。母亲会将玉兰饼替他装在塑料袋里，由他走街串巷的疯跑的时候吃。猪油从袋子里渗出来，满手肉香。

当母亲与孙庆吃完饭，坐在堂前的大榕树下，回忆着童年关于玉兰饼的故事时，邻居家的小女孩刚上完兴趣班回家。她上的是舞蹈课，乳白色的丝袜还没有换下来。"我也想吃。"她指着孙庆手里咬了一半的玉兰饼，牵了牵妈妈的手。

"不要了，奶奶在家里做好饭了，还有你最爱的盐水白虾，快回家吧。"孩子妈妈在一旁劝说。

"我就想吃婆婆做的玉兰饼嘛。"她像所有小女孩一样撒起娇来，把头摇得像个拨浪鼓，红色爱心发绳轻轻敲打着她的太阳穴。孙庆母亲赶忙从屋里端出了那盘玉兰饼："孩子要吃就吃呀，都是自己做的。"盛情难却，小女孩的妈妈只能接了过去："快点谢谢婆婆。"

在小女孩和她的妈妈走后，孙庆母亲感慨道，也不知道我什么时候才能在家里带孙子。"她是个安徽的姑娘，叫晓欣，在体制内有工作，家在无锡也近，就两个小时车程，以后你去丈母娘家也方便。""我不太想去相亲。"孙庆感到有些反胃，或者说，他心里已经种下了一朵罂粟花般妖艳无果的爱情期待。

"你不知道多少男生抢着要她。"母亲故意提高了语调。

孙庆觉得危言耸听，"妈，要真这么好，她怎么会沦落过来相亲呢？"

"你也老大不小了，过年以后都三十三了，还不结婚生孩子？"

"我觉得人生的意义不在传宗接代。"然而在母亲的坚持下孙庆还是选择了妥协，并且加上了晓欣的微信。微信里，姑娘和他说好在运河码头旁的茶馆里约会。就在周六。看照片，晓欣人如其名，她眉眼很淡，有种涉世未深的清澈感。

周末去不去听锡剧？晓欣问他。那我来买票吧。孙庆打字说道。他不甚理解一个如茉莉花般年轻的女孩为什么会喜欢听老一辈漏电收音机里才有的锡剧。好，那到时候我请你吃饭。隔了十分钟晓欣终于知书达理地回复过来。不用，怎么可以让女生买单呢？孙庆发送了一张笑脸的表情包。对了，你会拍照吗？她问。我没学过，孙庆有些不好意思。你明天想听什么？《玉蜻蜓》还是《珍珠塔》？见晓欣迟迟没有回复，孙庆只好硬着头皮找话题。都可以，听你的吧。这边晓欣秒回过来。

孙庆提前到了古镇的茶馆里买票，一百二十元。穿着蓝制服的售票员在将两张《珍珠塔》的门票从机器上扯了下来。他将门票对折放进风衣口袋里。他考虑着要不要买两杯奶茶，但转念一想，锡剧就在茶馆里演出，别人都品茗着新沏的龙井碧螺春，而他们却拿着两杯奶茶，多么格格不入啊，于是又放弃了。一个小时后，晓欣姗姗来迟，她明显精心打扮过，穿着一身带绒的淡绿色旗袍，头发却用缎面的米黄色蝴蝶结竖起来，显得既中又洋。已经是秋天了，她居然不怕冷。

打过招呼，孙庆开始搭话，"你听过锡剧吗？"

"没听过，但这一类戏曲横竖都是郎情妾意，不然就是穷小子考取了状元和富家千金喜结连理。"她眨着那双灵动的眼睛。

到了检票处，孙庆翻遍衣服口袋，才发现刚才买的票不知所踪了。

"票呢？"晓欣有些尴尬地看着他。

孙庆脸上像被火烧，他站在一边，将裤子口袋也拉扯了出来："明明刚买好啊，难道弄丢了？"

"售票员应该还记得我，我给你看微信支付记录吧。"孙庆滑动着手机，急切地证明购票的真实性。

"不能这么说，按照这样，如果有人买了一张票，就可以混进去很多个人了。"检票员不正眼看他，只是不停替别人检票。

"能不能通融一下，小姐姐，我真的买票了。"窘迫的红色攀上了他的脸颊。

"都像你这样，我们还要不要工作了。"

朝里一望，戏已经开台了。舞台上的陈翠娥已经甩着水袖，用吴侬软语咿咿呀呀唱起来了，茶台的地上散着嗑过的瓜子壳，黑白交错，像被活剥了肉的菜蚌，潮湿而受伤地躺在茶客们的脚旁。

这次约会连同那个眉清目秀的姑娘自然是吹了，在母亲的数落中孙庆却并不甚难过。

再次遇见红豆是一个深秋初冬的夜，杂货铺即将打烊，气温骤降，孙庆正骂骂咧咧地拿湿冷刺骨的抹布擦拭着沾满手指印的橱窗，那一身明艳的红色，就跌跌撞撞闯了进来。红豆画着很浓的烟熏妆，刚及大腿根部的百褶裙在风里隐约显现春色，而两条白嫩修长的腿就更为直接地裸露在凛冽的寒风里。"给我两瓶青岛啤酒啊。"她脸上坨红，甚至有点神智不清。"你去干什么了，为什么穿这么少？"孙庆双手一撑，从柜台后方跳了出来。"你卖不卖吧？"红豆咧嘴笑，说着就掏出几张鲜红的钞票。"别喝了，外面冷，我送你回家。"孙庆感到一阵心疼，将自己的皮夹克脱了下来不由分说地裹在了她的身上。秋天仅存的温暖也日渐式微，孙庆扶着红豆回家，红豆很轻，宛若一枚被秋风席卷的白花泡桐叶，即将凋零。

小区楼道里钻风，掉漆的绿色铁门隐约露着伤口结痂的锈色，上面覆盖着五彩斑斓的小广告，还有黑色的油漆喷着一串串电话号码，开锁的，上门维修家电的和包小姐的，醒目地像大字报。老小区里面的生活都是生了锈的，一种破败感宛若阴冷的风在楼道里呼啸着。

"我抽根烟。"在楼道里，红豆被冷风吹得略清醒些，她熟练地从香奈儿包里取出一根烟。她的手指冻得萝卜般发红，有一瞬间孙庆甚至想将它们抓在怀里。打火机大概是没油了，按了好几次都擦不出火，红豆不耐烦地啧了一声，将它丢在地上踩了一脚："借点火。"

你还会抽烟啊？孙庆望着眼前蹙眉的女人，她将眉毛剃成了两条烟青色的柳叶，有种俗气的妖媚。

"会。"孙庆将打火机扔给她，"女人还是少抽一点。"她将烟叼在嘴里，轻蔑地看了他一眼，"还不是你们男人喜欢抽烟，我从前讨厌很烟味。"那你怎么好样不学？"孙庆问到。"以前陪老板喝酒的时候，就经常给他们点烟。"她说，"他们喜欢我坐在他们腿上，也喜欢香烟嘴上沾染我的红唇印。"

"我不喜欢他们，但我喜欢钱，我很需要他们挥霍的钱。"她重复。

"你今天怎么喝这么多？独居女性还是早点回家比较好。"红豆没有理睬他，继续说道，"我小时候天天被迫抽烟，准确地说是二手烟。我爸妈在我三岁的时候就离婚了，我妈和一个卖玻璃工艺品的商人跑了，她没要我。然后我爸把家里所有的玻璃制品砸了，包括他俩去照相馆拍的西式结婚照。那天本来就狭小凌乱的出租屋里满地狼藉，玻璃渣子如星光一样闪闪发亮，整个小屋像颠倒的黑夜。所以我怀疑天上的星星踩上去也是硌得脚疼。从此我爸开始酗酒，啤酒白酒都喝，一个人喝，和他的狐朋狗友喝。我永远不会忘记家里刺鼻的呕吐物味和烟酒味，还有他发酒疯时狼一样诡异的哀嚎。"

"我觉得他想拉着我一起死，都说童言无忌，但是我说错话的时候他就喜欢恐吓我，他拿皮带下死手抽我，还有扇我耳光。还有很多次他做饭做到一半就去喝酒了，我起床的时候只剩焦糊的锅底和满厨房的煤气味。"

"我也恨他们，对了，你怎么不问我之前是干什么的了？"

"我不问了。"在这鸽笼一样禁锢着人性的城市里，孙庆突然觉得它的血液也是重工业的金属灰色，冰凉，呛得人泪流满面，生存于此已经如此不易，能体面地生活对于无依无靠的红豆又该是多艰辛呢。他轻轻抱住了红豆，想给她一点温暖。"某种程度上，我从父亲身上继承了他的暴戾无常。无论是老家还是这里，我永远不适合奴颜屈膝地活着，所以我辞职了。"

红豆一口气倾诉完了她小半生的悲惨经历，此刻居然有些释然，她嘴角勾勒起一抹微笑。"红豆你别难过，你要不要吃玉兰饼？附近有家店炸的玉兰饼特别香。"最终安慰的话也没有说出口，孙庆只是讪讪地问。

"男人都是一副德行，我又不是小孩子，用个饼就能哄好，而且我也不需要哄，都是陈年旧事了。"红豆扶着积满灰尘的绿栏杆，努力想睁开微红的醉眼。"但我爸心情好的时候也会陪我玩，尤其是暑假，记得我爸扶着我学游泳。虽然是深不见底的野湖，但那湖里栽种了几株荷花。水游起来也特别清爽，阳光热辣辣地晒在身上，我的脊背被晒得黑黝黝，但我觉得自己是一条光滑的鱼，嬉戏于莲叶之间。在往后人生无数次失意的时候，我都想纵身一跃，变成鱼，自由自在地游窜在碧波万顷的湖里。"

"我累了，你回去吧。"半晌，红豆向楼梯上走去。不知如何回应，孙庆只能说："好，你早点休息。"

"晚安。""晚安。"目送红豆消失在吱呀作响的铁门后，他开始埋怨自己的低情商和无能，那些文学作品里的花言巧语到底是镜花水月，单调到甚至不能给红豆一丝安慰。他愤怒地将拳头狠狠地砸向雪白的粉墙上，血渗了出来，一缕鲜血沿墙爬行，但他却丝毫感受不到疼痛，或许和红豆的心一样。

他想了想，还是拐弯进了即将关门的花店。老板说今天是拥抱情人节，玫瑰花啊满天星啊卖得很好，现在只剩几支香水百合了。你想送给谁？孙庆说，送给一个女性朋友。老板说，少来，你这种情况我见多了，你是忘记买花和女朋友吵架了吧，你以后上点心吧，女人就喜欢这种虚无的浪漫。孙庆说，真的没有，但你还是给我包几枝白百合花吧。老板说，行，那我给你打个折。你要在卡片上写什么？孙庆愣住了，为什么要写东西？老板说，送女孩子花连祝福语都不写？活该你大晚上不能和女朋友亲亲抱抱，只能跑到路边买花了，那我帮你写一个，爱你一生一世吧。孙庆说，这多土啊，你就写祝她平安顺遂，天天开心。

孙庆将那束用粉绸缎系起来的香水百合轻轻放在了红豆家门口。

"我们去吃火锅吧，北街开了一家重庆火锅，听说特别正宗，晚去还不一定排得到。"隔了半个月，孙庆的微信突然出现了鲜红到热泪盈眶的小红点，红豆居然主动邀请他共进晚餐。看到这条消息，他激动地从椅子上蹦了起来，"好啊，等我。"

"因为我找到了新的工作，是销售，想找人庆祝一下。"红豆发了咧嘴笑的表情，"那四点半见。"他飞快地跑到卫生间里刮干净了胡子，又用洗面奶狠狠搓了脸，换上了一套没有烟味的衣服就出门了。

"谢谢你的花，之前在你面前失态，对不起了。"红豆不好意思地挠头。尽管只有下午四点半，但火锅店已经坐了不少客人，沸腾的锅子飘出辣椒和牛油的浓郁香气，红里带金，包裹在觥筹交错的热闹氛围里，红豆替孙庆倒满了酒，珠光灰的眼影抹在她沟壑略深的眼角，神采奕奕。"无论如何，恭喜你在这座城市找到了工作。"孙庆举起酒杯敬她，"毕竟是品牌店里的销售，好好干下去提成就高了。"

"对于工作业绩，我还是有把握的，有些话术我在几年前就背得滚瓜烂熟了。"红豆得意地将了将耳后的碎发，"而且我知道我自己的好看。""兜兜转转还是做销售啊，不过这次是女性护肤品。"红豆晃动着高脚杯里的香槟酒。"你的美貌就是店里的招牌，还愁吸引不来客流吗。"孙庆真诚地说。

"不过，我还是觉得我自己像一片四处飘散的浮萍。"她嘬一口酒，感慨道。

"你说这句话的时候，有点像为情所伤的诗人了。""那诗人应该是什么样子呢？""我也不能完全下定义，但我听一个同行说过，他一生都在追寻和享受诗意，生命如诗。""生命如诗？"红豆觉得这种抽象的描述过于晦涩，就像咀嚼一片夹生的香椿树叶，她重复念了一遍，"可是我觉得我人生最诗意的年华已经过去，而且永远封笔了。"红豆托着腮，若有所思地望着孙庆，粉色的闪烁着霓虹灯牌下的她如同低矮的杜鹃花一样不解风情，但从那泛红血丝的眼神中，他看到了某种痴迷的神色。

"比如，你看到枯枝上有一簇银装素裹的雪白，这明明是秋天，遥知不是雪，凑近一看，它只是糊墙时溅出来的两点白油漆，你失望之余还是感到了难以名状的灵感，这就是诗意。""难怪，我以前在中学里念书的时候，曾写过诗歌，可惜都弄丢了。"孙庆终于明白她眼神里的痴迷究竟是为何而来。

"乱花渐欲迷人眼，我觉得人生处处都是诗意。"孙庆说，"很久以前我做过一个奇异的梦，梦里是个夏天，我在屋里吃着冰棍，突然就听见了雨滴砸在水泥地上的声音，那雨声不是落在坚硬的地上的疼痛感，而像打在芭蕉宽阔浓绿的叶片上，淅淅沥沥，我感到很好奇，就搬着小板凳到屋檐下观雨，你知道我喜欢雨吧。梦里的大雨下了三整天，黑夜孤寂，白昼如焚，雨滴跳跃着，像断线的水晶帘，让人心满意足。第三天的凌晨雨终于停了，困意袭来，我借着微弱的星光，看见堂前空地蓄满了齐膝深的雨水，然后涟漪像睡莲叶一样荡漾开来。我正想回屋睡觉时，两条大鱼顺着堂前的水路就游过来，在我身下凝视着我，莫名其妙地我也变成了条黑鳍的鱼，和它们一起游荡在黎明里。"

她听得很入迷，有好几次她张了张那樱桃般的小巧的朱唇，却没有打断孙庆。"所以，某种程度上我们是心意相通，心有灵犀的。""那希望我也能变成一条鱼。现在是如鱼得水的鱼，能够在这座城市里如鱼得水地生活下去。"她自己举杯一饮而尽，一边替自己说着祝福的吉祥话。她已然不胜酒力，脸色如熟透的苹果般通红。"祝你前程似锦啊。"孙庆将眼前的酒一饮而尽。

日子一天天很平常地过去了，像无色无味的白开水。明天是除夕。孙庆母亲已经抵达了上海，家庭群里跳动着母亲和二哥一家人玩耍的照片，在东方明珠塔前，在黄浦江畔或者是商业街上。小侄女很可爱，圆圆的小脸蛋，扎着两条小辫子。在镜头前笑得像一朵花。孙庆放大照片观赏着，心里莫名思念起红豆，他问她，你在干嘛？红豆说：我无事可做。孙庆说：我家人都去上海了，就留我一个人在家里，我好孤单。红豆说：哈哈，这两天我休假，要不要来找我玩？

在狭窄的、阴风如幽灵般乱窜的楼道上，红豆说："这两天我想去城中公园玩一玩。""好啊，我母亲去我哥那儿过春节了，我正好一个人。""公园里新引进了一批日本的锦鲤，可漂亮了。"孙庆介绍。"听说去鲤鱼池扔硬币许愿很灵验，明天去试试看。"孙庆问，你想许什么愿望。"我希望大家都能健康快乐。"红豆回答。

小青葱在案板上被剁得咚咚作响。"你会做饭吗？"红豆围上了印花都已被洗涤残破的蓝格围裙，问道。

"当然会。"孙庆对这类质疑生活能力的问题显得有些嗤之以鼻。

"那你去把排骨焯一下吧，就是冷水加了葱姜把排骨煮个半熟。"红豆把湿漉漉的塑料袋递给他。

"我不大会做糖醋排骨，但平常一些的面食我还是会煮的。"孙庆不好意思地解开塑料袋，"男人的志向不在厨房的柴米油盐酱醋茶里，对我而言，物质上的肥美饱腹我是不屑于的。"

"我记得初中班主任鼓动我们做大扫除的时候，经常说一句什么话来着，对了，是一屋不扫何以扫天下。"红豆抱着手臂微笑着。斩断了的排骨躺在塑料袋里血淋淋地躺在红色塑料袋里，与他面面相觑。

"但是，就做饭而言我并不是一无是处。"孙庆小声反驳，"不过比起物质与金钱，我更爱描绘我的精神世界。就算明天世界会灭亡，我也要种我的苹果树。"

"比起什么苹果树，我需要物质，我需要享受生活，我也很迫切的需要您不屑于的金钱。"

"你还是到一边去吧，别让肉腥气染脏了您那双写诗的手。"红豆仍然手不停地在砧板上剁着小葱，一边将乌黑油亮的马尾甩到脑后。扎着头发的草莓皮筋松散陈旧，露出一截黑色内圈来。孙庆拘谨着退到餐桌旁，桌子上有一个敞口的玻璃花瓶，用清水养着百合花。"你喜欢百合花啊？"他朝里问。

红豆回眸看他一眼："对，我喜欢百合嚣张的香气。"

"是你追求者送的？"孙庆用食指和无名指掂着柔软而肥厚的白色花瓣把玩着。那簇开过头了的百合花如同一根臃肿的箭，很违和地直指这里穷迫的生活。

"当然不是，但是百合花一开就很快凋谢了。以后还是得买花苞。"

"等春来，东山植物园的百合花开得挺好，你明年可以去。"

"好啊。"

他们一句搭着一句地聊着天，油烟机开始轰鸣起来，呲啦一声，糖醋酱料与排骨被热油激起满足的香气。孙庆动容地嗅着从厨房里溢出来的红烧肉香，他突然明白有些东西总是一脉相承的。比如说采集渔猎的石器时代，披着兽皮的原始人肩扛猎物的成就感，和围起篝火烤熟猎物的喜悦；或者乡村每个黄昏里飘来炊烟的烟囱，一桌饭菜和家人等候着劳作一整天饥肠辘辘的男人。那种归属的感动让他心头一暖。找一个女人过日子也不错。

在孙庆遐想着温馨的生活时，两菜一汤已经被端上了桌。红豆还炒了一盘油汪汪的上海青，青菜翠色欲滴，排骨糖色饱满，酥烂红亮，米饭晶莹剔透，让人食欲大开。

"你做的饭真好吃。"孙庆夹了一块排骨，排骨上的肉被炖得丝缕分明，鲜甜入味。

"当然好吃，我妈以前向一个五星级大饭店的厨子拜师学艺过。"红豆得意地给他盛了一碗汤，热腾腾的番茄蛋汤。

"我妈也很会做饭，但是我懒得学。"比起花时间准备一顿晚饭，孙庆更倾向于超市各色料理包，无论是隶属于哪个菜系做起来有多么繁复，什么黄焖鸡米饭还是酸菜鱼，只需要隔着微波炉加热两分钟就做好了，所以说科技改变生活。在这个生活成本很高的城市，点外卖是极度划不来的。更多时候，孙庆会选择自己煮两撮银丝挂面，再加一个荷包蛋，就能满足他一下午的能量所需。

"她做玉兰饼特别好吃，下次请你尝尝。"

吃完饭，红豆将碗筷收拾进水槽里，孙庆望着她矮小到令人心疼的背影，我来洗吧。他解去了她的围裙。在触碰她杨柳一样柔软的腰肢时，欲望像一列飞驰的蒸汽火车，喷吐着白烟从远方嘶鸣而来，直冲他的下体而去。

事后，红豆认真地想了想，然后探出半个身子去够床头柜。她瘦削而洁白的脊背像一枝梨花。

"怎么了？"孙庆躺在床上，精疲力尽地望着天花板，天花板白得令人头晕目眩。

她从抽屉里拿出一只带锁的木盒，用不知道哪来的钥匙打开来，里面是一条素银手镯。她将冰凉的镯子塞在他的手里。孙庆眯起眼睛，看到上面隐约雕刻着荷花莲蓬的纹样，约莫是年代过于久远，手镯开始氧化发暗，缝隙里已然积攒了薄薄的一层黑色。

"传家宝啊？"孙庆将手镯还给她。

"不，谁会把传家宝带在身边呢。这是我们之前去凤凰古城旅游的时候买的纪念品。"

"在湖南？之前我看中央九台的纪录片曾经播放过。"

"嗯，那里有临水而建的吊脚楼和在风里摇曳的红灯笼，还有，蜿蜒的青石板路和岁月一样古老。"红豆坐了起来，有些出神地看着窗外泼墨一样沉浸的天色。

我就说你身上有一种诗人潜质。孙庆撑着头看她。

"你以后和你老婆度蜜月就可以去凤凰啊。"她补充道，"那里让我相信爱情就应该这么悠久的。"

"就像你们的爱情？"见红豆沉默良久，孙庆追问，"你爱他啊。"

"那个肺痨鬼？"红豆皱起眉头。"他总喜欢拿他那双结满老茧的粗糙的手摸我。而且，我讨厌他手指上的烟味。"红豆说话声音有些虚弱，面色潮红。

"又是家暴的？难怪你会逃出来。"

"没有，虽然他和我爸一样爱抽烟喝酒，但是他对我还算温柔。我们在一起的时候，他是个包工头，有点小钱吧，但他有处女情结。"歌尽桃花扇底风，所谓桃花不过是纸扇上一滴夺目的血。然而男人都喜欢这桃花一样的血。红豆突然翻身坐到了孙庆身上。"所以我和他做爱的时候，故作害羞，要求关灯，然后我悄悄地在床单上滴了鸽子血。"她有些戏谑地看着他。"我觉得我们是彼此相爱的，就算他得了肺病我也愿意赚钱养他。"

此时此刻，一种痛苦扭曲的情绪此刻如同猎猎北风，朝他心口刮来。孙庆突然感受到了强烈的愤怒，就死死地捏紧了她的乳房，红豆惨叫一声，你神经病。但随即，尖叫声融化成了春江水暖的呻吟。

第二天孙庆睁眼的时候，红豆已经洗漱好了，她穿了鹅黄的厚棉袄，只抹了一层香喷喷的雪花膏。她坐在梳妆镜前，透过镜子看他，你醒了？快点穿衣服吧，去晚了公园里人多。对了，早饭放在桌子上了。一碗鸡蛋羹，不知道你吃不吃得惯。

挤过熙熙攘攘的人群，红豆看到了那一池金鱼。池底的硬币积攒起来，闪烁着波光粼粼的银光。金鱼在一池碧绿的春水里游动，像刚点燃的烟火般活跃而通身橘红，鱼鳍和风里招摇的梨花瓣一样轻薄，它们拖着琉璃似的透明的尾巴，目标清晰，永远饥饿地开合着双唇。那么岸上的手就会不断扔下雪白的撕碎的面包，金鱼像一簇向晚的橘云般聚拢而来，啜食完面包屑又漫不经心地散去。景区物价高得很不合理，一袋临期的达利园面包要价四十五元。锦鲤池边有兜售鱼食的小商贩，他们统一系着黑色尼龙腰包，像仪仗士兵佩戴着的臃肿铁剑。红豆今天很兴奋，她也像一只活泼的金鱼，用手指搅动着清澈的水波，也将孙庆的心搅动起了和春天一样嫩绿的涟漪。

"红豆，你想要喂鱼吗？"红豆看了看池塘里晚霞一样潋滟的鱼群，又看了看价目表，还是摇了摇头。

何处春江无月明呢？但孙庆趁着她给金鱼拍照的时候，还是偷偷去买了一包鱼食和一串冰糖葫芦。"给你的。"孙庆把糖葫芦递给她，红豆笑着接了过去，脸上细细的汗毛在阳光照耀下闪着光泽，孙庆觉得她素颜的样子好像一只尚未成熟的青桃，只有顶端稍稍泛着喜悦的红色，尝着也像。都是大人了，谁吃这个玩意。但红豆还是笑嘻嘻地舔了一口，琥珀一样晶莹的糖壳融化了，黏在她浅粉色的嘴唇上，和梧桐树筛下的阳光一样斑斑驳驳。"我帮你擦一下。"

游乐场有纸网捞金鱼的游戏，就是花二十块钱给你一张纸糊的小网，捞起的金鱼可以免费带走，还送你一个鱼缸。除夕的时候儿童多喜欢穿红色的新棉袄，一团团如同诱人的树莓，捞金鱼的摊位前围了许多这样的儿童，他们麻雀般尖叫着蹦跳着，为捞到的金鱼欢呼不已，闹得游人头疼，却是幸福而丰收的头疼。"你想不想要？我们去玩一次。"孙庆交了钱，买了两张纸网。金鱼在薄如蝉翼的网上游动，像一朵修长的赤莲花。红豆找准机会，迅速将网提起来，鱼儿就落入了玻璃缸里，欢畅地游动起来。"看不出来，你真厉害啊。"孙庆赞叹道。红豆哈哈一笑："那是当然，我小时候经常玩这个，你等我捞两只，让它们做个伴。"

孙庆陪她排长队坐了五光十色的摩天轮，还有旋转木马。光影转换着，日头很快西斜，天色暗淡了下来。回家的时候，他们都很疲惫。草草用完晚饭，洗了个澡，就上床了。空调大概是坏了，屋内像春寒料峭天，红豆趴在床上，兀然提起来："我明天要回老家一趟，看看我家人。"孙庆感到她的肌肤逐渐变冷："你真的打算回老家了？""嗯，买了明天凌晨六点钟的火车票。""也好，听说那里有茂盛的荷花，有湘绣，有橘子洲，还有在家里等你的你爸妈和你老公。"听孙庆这么说，她突然痛苦而仇恨地咬住他的胳膊。孙庆忍着疼问，"那你还会回来吗？""会吧。"

"那你等着，我给你准备一些特产回去。"孙庆说罢就从温暖如春的被子里爬出来，踩上拖鞋，一件一件地穿上衣服。"你去哪里？"红豆伸手拉住了他灰色毛衣的一角，毛衣被扯的有些变形。"等我，马上回来。"

过了一刻钟，孙庆带着一身寒气进门。"这个鲜肉和红豆的玉兰饼特好吃，只有无锡才能吃得到。我妈前天做好的，你回去再炸一下。应该能保存一个礼拜。还有别的糕点，这么晚应该买不到商店里的土特产了，你将就收下吧。""还是新鲜的好吃啊，下次我给你现做。"红豆听罢哈哈大笑起来，"好，那这两条金鱼你先帮我照顾着啊，不许养死了。"

　　"我的生命曾是一场疯狂的盛宴。在那里，所有的心灵全部敞开，所有的美酒纷纷溢出来。"夜幕降临，孙庆读着兰波的《彩画集》，突然楼外炸响了喜庆的鞭炮声，孙庆捧着装满水的鱼缸来到阳台上，由于步履太过匆忙，他差点没有端稳，踉跄间新换的水就从鱼缸里溅了出来，他的毛衣袖口被打湿了，像黏腻的水蛇缠在手腕上。鱼受了惊吓，和烧红的炭火一样躁动不安，摆着尾巴在玻璃鱼缸里一圈一圈游着，当它的身体在靠近他时变得异常灵活，像一片骤然金黄的晚霞，霎那间红豆的金鱼无限膨胀，放大，升高，变成了整片落日垂暮的黄昏，而黄昏里孙庆看见了她在火车站招手的剪影。就在金鱼绕着鱼缸一圈一圈的游动中，外面升起了新春的烟火，五彩斑斓。孙庆突然笑了，他感到一种隐秘的快乐涌遍全身。

春风不渡

　　被确诊为肺癌是在丈夫去世的一个半月以后，朱梅觉得喉咙腥甜，然后剧烈地咳嗽起来。定睛一看，原来是一口鲜血在纸巾上晕染开来，宛若红色的梅花。虽然丧夫之后生活少了许多盼头，于她而言，身体健康不再那么重要。但她还是想去查一查。万一是肺结核，就让女儿在奶奶家久居，暂且不要回来了。但是肿瘤切片显示出来的结果显然更糟糕。不但是癌症，而且是晚期，生命大概只剩下三个月的时间。朱梅的心脏咯噔了一下，接连遭受打击让她的大脑空荡荡的。

　　出了医院，她走的每一步路都无比漫长，沿着马路走向车站的时候，汽车鸣笛声与大风呼啸着从她的耳畔刮过，将她鬓角的头发吹起，在被青丝遮盖的世界里，她想了很多，甚至于回忆完了前半生，却没有理出什么头绪，像一团乱麻堵在心口。其实往前追溯一个月，在本该入梦的夜晚，她的心脏却整夜声嘶力竭地跳动着，像被什么人敲打着一面铁鼓。她焦躁地在床上翻来覆去，看着天一点点的亮起来，从鱼肚白褪色成金光四泄的蓝。原来今天又是晴天，她想着，然后头昏脑胀地从床上爬了起来。她像一朵孜孜不倦的向日葵，围绕着太阳连轴转圈，她的太阳是女儿冉冉，是亲人，是单位，但唯独不是自己。《荀子》里有一句话，天行有常，不为尧存，不为桀亡。其实世界没有了她也能照常运转，而她苦心经营的生活却永远不能够再好起来了，生活支离破碎，宛若伪装成糖果的碎玻璃渣，只能吃到满口鲜血。不过在明白这些道理后，她的心里松快了许多。

如果要住院治疗，她将要到四院去，那是一个专收癌症晚期病人的地方，充斥着绝望的气息。医院的外墙壁是八十年代的老式蓝白瓷砖，上面还长满了遮天蔽日的爬山虎，朱梅路过的时候都会心生害怕而特意绕远道走，她怎么可能进去住呢。再说每日花大几千上万的，让仪器上的管子和极粗的针头密密麻麻地插入体内，须发落尽，脸颊深陷，在生命的最后时刻毫无尊严地苟延残喘，有什么意义呢？女儿已经没有了父亲，不能再让她连最后的家产都尽数失去，所以她只是问医生开了药。当被问及何时住院的时候，她说，和家里人商量。但她不打算让任何人知道自己罹患癌症的事实。

她已经决定好了，要花两个礼拜把想要做的事情做完，然后自行了断生命。她突然觉得豁然开朗。先给单位打电话，把今年的假都请了，路过罗森便利店的时候，她还进去买了一个金枪鱼的饭团，准备当做晚饭。

傍晚的时候，她拨通了宋成的电话。朱梅说："我这周要和闺蜜出去逛街看电影，你带冉冉出去玩吧。"这倒是真的，在离开这个世界之前，很多事情还需要她去做，比如好好地见心爱的朋友们一面。

"去哪里？"隔着电话，宋成声音有些模糊。

"去爬爬山，或者去公园里呼吸点新鲜的空气吧。小孩子还是要多运动，锻炼锻炼身体。"朱梅说。

"好，明天我来安排。"挂断电话，朱梅就打开了许久不用的浴缸，她打算舒舒服服地泡个热水澡。

关于宋成是谁，他是朱梅的中学同学，从前是一个镇子上的，如今宋成是镇上有名的养殖大户，用中国现代社会的标准衡量，也算是个小有名气的老板了，他有一整塘的珍珠蚌，取出来好看的珍珠做首饰，品质差一点的就磨成美容养颜的珍珠粉和珍珠膏，畅销海外，生意做得如火如荼。宋成中学时期就暗恋朱梅好多年，经常守在教室门口，给她送北冰洋汽水，送钙奶饼干，果丹皮，和无微不至的殷勤。

他承认，在青春期伊始的时候就经常尾随朱梅，朱梅是个樱桃一样红润而甜美的女孩，她喜欢穿着桃红的碎花连衣裙，在路上骑凤凰牌的银色自行车，从香樟树下摇曳而来。那浓郁的香味就像春风，能飘满了一整条街，使宋成如痴如醉。所以一放学，宋成就飞快地收拾起课本，然后就在她回家的路边蹲守着。

在一个初夏的傍晚，宋成正式向朱梅表白，在这场谋划里，他让狗头军师提前写了一篇字迹端正情真意切的情书，然后冒着处分的风险逃了两节课，去田野里精心摘了一把野花。在放学的路上她堵住了朱梅，朱梅从自行车上跳下来，问，怎么了？宋成把花递给他，说，我喜欢你，我们交往吧。朱梅礼貌拒绝了，大意是想认真学习考大学，他们也不适合做男女朋友，适合做普通朋友。

后来朱梅考上城里的大学，离开了小镇。而宋成落榜了，回家继承父亲的养殖场，两人就此走上了不同的人生之路。直到她回家乡工作，联络才逐渐频繁起来，不咸不淡地跟他保持着朋友的联系，仅仅是朋友圈的点赞之交，或者偶尔分享日常生活。

　　刚毕业，母亲就替朱梅在婚介所里寻到一位事业单位的小伙子，家庭条件不错，父母都是教师，人长得高高瘦瘦，五官立体，用现在的话来说就是小白脸。我们姑且称他为前任哥吧。而朱梅，用前任哥一贯的情话来讲，就是她身上有种淳朴的稚气。比起清冷的梅，她更像是肆意生长的雏菊。前任说这句话的时候，他们正在电影院看新上映的韩国电影《雏菊》。"那你喜欢梅花还是雏菊？"朱梅贴在他耳畔亲热地问。"我喜欢你。"前任哥很认真地说。此时朱梅还很脸皮薄，她害羞得宛若熟透的番茄，不知道回答什么，就只敢盯着银幕。全智贤饰演的惠英正骑着一辆单薄的脚踏车，穿越惊心动魄的雏菊花田。四野的青草在滤镜下郁郁葱葱。电影结束以后，前任哥还特意去路边的花店买了一束雏菊送给她，这让朱梅感动得不行。虽然，最后他们还是分手了，因为对方的劈腿，前任哥又爱上了一位像玫瑰花般热烈的姑娘。这段恋爱结束的十分潦草。宋成知道以后，还带着几个兄弟去前任哥单位教育了他一顿。在爱情上失意，朱梅伤心地闭门不出，在家里一遍一遍看着《雏菊》。在爱情上吃了这么多亏，很多事情她还是想不明白。

　　直到她遇到了她身材高大的海员丈夫，才真正体验到爱情的甜蜜。虽然丈夫经常出差，做水手，在海上运送货物一去就是十天半载的。但他给足了朱梅小女生的安全感，比如朋友圈壁纸是二人的合照，主动出示聊天记录，到最后工资卡也归她保管。恋爱一年多，他们就领证结婚了。婚礼当天，宋成随了8888的份子钱，没吃完午宴就走了。

　　虽然朱梅通过努力考到了体制内，但按资排辈，欺负新人却是惯例。前辈把工作一股脑推给她做，弄得她苦不堪言。在发朋友圈吐槽职场遭遇时，宋成发短信问她，发生什么事了。朱梅就把事情的原貌复述了一遍。宋成说，下次去区政府办事的时候问一问。

　　过了几天朱梅就更换工作岗位了，在露天的甜品店，她请客喝咖啡。点了两杯冰美式，咖啡上桌的时候杯壁凝结了一层晶莹的冰雾，"多亏了你的帮忙，我该怎么感谢你呢。"朱梅感激地说。

　　"你们现在工作忙不忙？"宋成问。

　　"调到宣传部以后还好，就是每周写朋友圈推文的时候忙一点。"

　　"那就行。"宋成点头。然后从口袋里掏出一根黄鹤楼，舒舒服服含在嘴里，吞云吐雾起来，

　　"你中学里文笔就好，写的文章还登上过校刊。"

　　"都隔了这么久，你还记得？"朱梅露出了回忆的微笑。

　　"当然。"宋成说，"你们领导是我兄弟的发小，我和他见过几面，人品不错。"

　　"哈哈哈，那以后奖金啊提拔的事情就拜托你了。"朱梅捂嘴笑起来。其实她本人并没有什么事业心。

　　"晚上一起去吃个西餐吧，我知道一家很好的牛排店。"

　　"好啊，还是我请你。"朱梅搅动着玻璃杯里快融化的冰块，美式咖啡的颜色被冰冲得有些淡。"认识这么久，我也不知道你喜欢什么。所以也没准备礼物。"

　　"哎呀，你跟我客气什么？"

　　即使宋成这么说，但她总觉得有些人情债是还不清的。

　　这些都是婚前的回忆。而对宋成的印象，冉冉只记得五岁那年回外婆家吃饭，外婆给了她三块钱叫去买白糖。她玩心大起，就在镇子里乱逛。在碧绿的人工池塘前她停住了脚步，站在晚霞满天的黄昏里，夕阳红得惊心动魄，像流着血的巨型珍珠，冉冉看到池塘里的

水腾跃起金色，宛若鲤鱼被割下的鳞片，有种近乎残忍的美。在池边横着许多塑料盆，里面躺着许多被开了口的墨绿色的河蚌。池水一下一下撞击着第三节长满青苔的石阶，一个蹲在地上处理珍珠蚌的男人突然抬头看她，于是她认识了宋成流着汗的，金光闪闪的脸，那是一张中年发福男人最常见的脸。他对着她笑道，"阿梅呢？"

"你怎么知道我妈的名字？"冉冉警惕地盯着他。

"哈哈，我和你妈还是中学同学，之前我还在阿梅的朋友圈里看到过你呢。"他的头顶有些秃。

"我妈在家里烧晚饭。"在蚌们强势的腥味攻势下，她躲得远远的。

"能让我去你家吃个饭吗？"他用袖口擦了擦额前的汗，慢声细气，故意逗她玩。

不知为何，冉冉吓得捂住鼻子往家里逃跑，最后她因为没买回白糖被数落了一顿。她委屈地诉说了见到宋成的经过。朱梅轻轻笑了起来，以后见到他要喊宋叔叔。

隔天宋成就来朱梅家拜访了，并且送上一盒珍珠膏，说涂了能美白淡斑，皮肤像鸡蛋一样嫩。朱梅收下了。即使过了三十一枝花的芳龄，她的皮肤仍然光滑白皙。

第二天清晨，朱梅早早起床，剥了一只红心柚子，她把泛苦的白膜一丝一缕挑出来，装在乐扣乐扣的塑料盒里，然后下了十五只开洋馄饨。冉冉胃口向来很好，能吃下十只馄饨。而她挑残缺或者煮烂的吃。冉冉爱吃馄饨，她将酱油馄饨汤都喝得干干净净。

出门的时候。朱梅特意把女儿送到了楼下："把罩衫穿上，早上天气凉。"朱梅有些不放心地叮嘱到。

宋成带冉冉去香樟公园玩。草坪上阳光明媚，草叶尖都顶着一点鹅黄，清晨的露珠还没有完全晒干。当脚踝蹭过草地时会感到一阵让人清醒的凉意。有铺着格子餐布野营的游人，还有叼着球奔跑起来的狗们。宋成背了登山包，里面装了一袋牛奶麻薯，小番茄，饼干，糖果还有热水，都是冉冉平常爱吃的。"待会要不要去野餐？"宋成问她。"好。"冉冉想了想，然后指向公园的标志性景点，香樟树林。

　　冉冉性格活泼，一开始还认生，局促地扯着衣角，不愿意多说话，但很快就和宋成熟络了起来。他们走过了清新的香樟树林，又坐了一会秋千。秋千荡到最高点的时候，冉冉会爆发出一阵银铃般的欢笑。公园里其实只有老旧的娱乐设施。但总算离家近，所以朱梅母女是常来的，五元就能坐一次碰碰车，宋成陪她坐了四五次。终于，冉冉玩累了，摇摇晃晃地瘫在长椅上。宋成赶忙从背包里取出保温杯，打开了递给她。

　　"谢谢叔叔。"冉冉乖巧地说，接下来她的目光就被远处在叫卖的小贩们吸引。已经近中午了，街边的摊贩纷纷出来营业，远处有人在叫卖冰淇淋，纯动物奶油做的香草冰淇淋。冉冉说想吃冰淇淋。宋成说："这种天吃冰淇淋容易着凉，我们去买两个气球玩，好不好？"最近很火的太阳花气球飘扬在许多行人的手里，是黄色笑脸和一圈白色花瓣。

　　冉冉有些不屑地说："不行，只有幼儿园的小孩子才玩气球。"宋成有些尴尬地撇开话题："哈哈，你真乖，不像叔叔小时候就爱玩。"

　　望着不断叫卖着的冰淇淋摊，冉冉再度央求道，"求求叔叔了，就吃一点嘛。"她完全把妈妈的嘱咐抛之脑后了。

宋成想了想，还是心软了："那你只能吃两口，和叔叔保证。"那就偶尔放纵一下吧，他想起小时候的自己，要是能吃到冰淇淋，这是多么开心的事情啊。而且感冒闹肚子什么的，和两口冰淇淋有什么关系呢。有些人，变成大人以后就完全不通情达理，他们忘掉了自己的小时候。

　　接过冰淇淋，冉冉的眼睛像星星一样闪闪发光。她舔了起来："在家里，我妈都不给我吃冰淇淋。"

　　"哦？"宋成很有兴趣地看着她蹭上冰淇淋的小脸蛋。

　　"但是我偷偷吃，拿零花钱去小店里买，然后吃完了再回去。"冉冉开心地诉说着自己的秘密，然而她很快意识到不对，"我跟你说了，你可别告诉妈妈啊。"他抽出湿纸巾，一点点擦去她脸上的冰淇淋。

　　"当然，我会为你保密的。"宋成弯下腰和她拉勾，又带着她去吃了肯德基。"要是妈妈问起来，你就说我们去了面馆吃饭。"宋成笑得眼睛都眯成了缝。

　　"而且吃的是大排面，还加了青菜！"冉冉补充道。回家的时候是下午。她蹦蹦跳跳地敲开了家门，并且给朱梅递上了一枝红玫瑰，宋叔叔给你的，冉冉在一旁为宋成邀功要赏。朱梅笑得眼睛弯弯，这花真香啊。宋成站在一边，悉数交待了一遍今天和冉冉的行程。朱梅要留他下来吃饭，但宋成说："冉冉今天玩累了，要早点休息，就不打扰你们了。""叔叔再见！"饭桌上，冉冉高兴地说："我觉得宋叔叔真好。"

　　得知丈夫的死讯后，朱梅第一次知道什么叫悲痛欲绝，原来人真的可以如同枯死的树，没有灵魂。她的海员丈夫死于一场狂怒的巨浪，整艘商船都被无情的海吞噬，骸骨不剩。出殡那天，朱梅穿着纯白的丧服，胸前别了一朵纱花，泡发在海水一样苦涩的悲痛之中，她还要强撑起精神与来吊唁的宾客寒暄，礼节不能差，这是给丈夫最后的体面。连着流了三天的泪，她的眼眶浮肿，脑袋发胀，血丝同蛇一样盘踞在眼睛里。最后一次蹲下为女儿穿孝衣的时候，她有气无力地说："冉冉，以后你再也没有爸爸了。"冉冉就哇哇大哭起来，死亡对八岁孩子的意义是恐惧，黑暗，是漫长的夜晚，他们却理解不了永远分别的含义。比起鲜少见面的父亲的离世，冉冉是为母亲而伤心。在葬礼结束以后的那个晚上，冉冉抱着枕头要求和妈妈一起睡。躺在床上，女儿跟随忙碌的大人站了一天，所以沾上枕头很快就睡着了，在她花苞一样均匀的吐息里，朱梅慢慢摸着女儿洋娃娃一样乌黑柔软的头发，突然也觉得很宁静，夏夜一样宁静。

在丈夫去世之后，宋成经常出现在她平静而麻木的生活中。就像一滴落入土壤里的春雨，平淡而滋润，让她干涸的心里萌生了嫩芽。好几个礼拜，朱梅都没重新振作起来，她的精神支柱倒了。就像一个紧绷的气球突然被戳破了一个洞，有了那一点致命的针眼后，气球就再也鼓不起来了，只能皱巴巴地缩在心口。她在生活上几乎是一蹶不振，经常发呆地望着起飞的鸽子，把荷包蛋煎糊，或者过了很久才想起来团在洗衣机里的衣衫没有晾起来。皱巴巴的衣物有了霉尘味，像她杂乱的家一样。在无数不眠的夜晚里，她彻底落下了咳嗽的病根。好在宋成隔三差五就会给朱梅送小吊梨汤，他亲手做的，冰糖，银耳和雪梨煮三个小时，然后放在保温饭盒里送过来。他甚至还为朱梅请了一个家政阿姨，隔两日来打扫卫生，顺便做一顿饭。连续吃两周的梨汤，朱梅也就逐渐好了些，但夜里还是会咳醒。她心里对宋成产生了不一样的情愫。

然而生活还要继续，人不能永远沉迷于悲伤的过去里，更何况她还有十岁的女儿要抚养。一个半月后的一天，也就是朱梅得知她罹患癌症的第二天之后，她也终于摘去了胸前的白花。微信的清脆的提示音响起，朱梅拿起手机。屏幕上几条全是宋成的消息，他习惯于分享生活中的片段，其意在哄她开心。

看我新学会的做海鲜粥。

味道很好的。

有机会做给你吃啊。

然后是一段三秒钟的视频。

摇晃的镜头被白汽遮蔽，敞亮的厨房里有一锅咕嘟冒泡的海鲜粥，葱花香菜色泽翠绿，几条蟹腿鲜红地露在外面，很张牙舞爪。油烟机发出噪音，猛烈地轰鸣着。但不知为何，今天朱梅却一点也不嫌他吵。她慢慢打字回复：那你明天来做饭给我们吃吧，不想去买菜了。

对方正在输入的字符跳跃了无数次，但最后宋成只发送了一个：好。还有拥抱的小表情。

宋成来的时候是四点半。朱梅刚接完女儿到家。冉冉坐在沙发里吃小番茄。听到敲门声的时候，朱梅去开门，冉冉也跟了过来，躲在她身后探着脑袋。"冉冉，过来和宋叔叔打招呼。"朱梅将她推到前面。冉冉见到是宋成，立马欢乐地跳了起来："叔叔好！"

宋成说："冉冉你好呀。"

朱梅说："叔叔是客人，我们要懂礼貌，你问问叔叔要不要吃小番茄。"

冉冉就很听话地从茶几上端来那盘小番茄，说："叔叔，给你吃小番茄。"宋成抓了两颗："谢谢冉冉。"

"你们这周末作业多不多啊？"朱梅发问。"多乎哉？不多也。"冉冉炫耀今天学的《论语》，"妈妈，好不容易放假，我想先看电视嘛。""只准看半个小时。"看着冉冉激动奔向客厅的背影，朱梅无奈地叹气："这孩子，怎么不爱学习呢。"宋成说："没事，孩子像你，肯定聪明。"

站在厨房里，朱梅要帮忙打下手，却被宋成赶了出去："都说了我来掌勺，你就放心地交给我吧。"他从黑色的塑料袋里捉出刚买的梭子蟹，打开水龙头，水槽里几只腹白如玉的螃蟹仰着肚子，它们被湍急的水柱冲刷着，像下水道漩涡里的白塑料袋。直到洗完食材，开始切葱姜蒜时，他才意识到袖子浸湿了。

朱梅回到了卧室，将一大把药片吞下。此时她胸闷得很，怎么描述这种感觉呢，就像雷雨前沉闷的天空，被乌云侵占挤压着，她时常喘不过气来，像一条搁浅的海鱼，为了不惊扰熟睡的女儿，她只能小口呼吸，昨晚疼得几乎一夜没睡，仅靠着粉底掩盖那一副憔悴之色。倚靠在床头，药效上来，她有些困倦。"海鲜粥马上出锅啦！"宋成在门外喊着，她强撑着推门出去了。

干贝，牡蛎，芹菜碎和被砍成几段的梭子蟹在砂锅里翻滚着，香气四溢。朱梅脸色苍白，她扶着额头坐在椅子上。"妈妈，你怎么了？"女儿注意到朱梅细微的表情变化，有些担忧地摸着她的额头。

"妈妈今天没吃午饭，太饿了。"朱梅强逼自己展示一个灿烂的笑容，说，"所以我们要按时吃饭。"

女儿懂事地点点头。交谈之间，粥熬好了，宋成戴着隔热手套，把砂锅端上来。然而没有垫隔热木片，"嘶"地一声，餐桌被砂锅底烫焦了，和抽烟男人的手指一样熏黄，朱梅有洁癖，赶忙抽出木片铺在桌上。宋成很不好意思地说："明天我去买新的桌布。"

"将就着用就行。"朱梅摆摆手，笑着打圆场，"看我们都饿了半天了，还不快盛起来。"

他给母女二人舀了一碗还在冒着浓郁热气的粥。

雪白的蟹肉丝缕分明，宋成剥开带着斑纹的壳，将蟹腹肉挑到朱梅的碗里。

"这是你最爱的海鲜。"

"谢谢，给冉冉多吃点吧。"朱梅挑了一勺牡蛎喂给女儿。

"妈妈饿，妈妈先吃。"宋成看着这温馨的一景，感觉一股暖流涌遍全身。要是以后也能笨手笨脚地为老婆和孩子做一顿饭，该是多么幸福的事情啊！不，到时候他一定学会了做饭，做很多好吃的，糖醋排骨，红烧鱼，香茅草羊排……让妻女的胃每天都很满足。

"好鲜啊！"冉冉夸张地咂着嘴。

"要是好喝，下次让你宋叔叔再来做。"母女俩同时瞥向宋成。此时他有些受宠若惊了，他看了看她们的笑颜，也不好意思地笑了起来。

周六朱梅的精神好些了，她去银行清点了名下的资产，并且将房产证，户口本，存折以及价值昂贵的首饰品整理了出来。还有，今天是朱梅生日，阴历生日。但是她并没有出去庆祝的心思，更何况冉冉去奶奶家住了，所以朱梅就点了个四寸的奶油蛋糕，她只是简单地描了个眉，将双唇涂上樱桃红。家里有两日没有打扫了，地板有些落灰，衣服还没有叠起来，就连中午的碗还粘着饭粒，七倒八斜地躺在水槽里。繁琐的小事像一把红豆瓣里啪啦落在墙缝里，虽然注意不到，然而总是要清理出来才会安心。而且所有家务活都是这样的，收拾一下午才能勉强做完，而家人却认为家庭主妇们在无所事事。朱梅最近总是很乏力，她扶着腰去卫生间，在水桶里接了半桶水来拖地。当瓷砖地面湿了一半时，门铃响了。"这么快？"朱梅自言自语，然后将拖把靠在墙角去开门。

迎面朱梅就闻到了一股清香，那是一捧黛安娜玫瑰花，还缠着发光灯丝。花瓣是很嫩的春粉色，绸缎一般华美地绽放开来，她愣住了，然后听到了那熟悉的烟嗓："阿梅，生日快乐。"宋成从花束后探出脑袋。朱梅束了低马尾，只穿了一件绿色的软绸睡裙，蹬了双旧得发灰的粉拖鞋。"把花收下吧。"

朱梅脸上泛起了红晕，接过粉红的花束，她捂着嘴惊喜地问："怎么是你？"

宋成今天穿得很正式，西装革履，还喷了范思哲的柑橘调香水："你的生日我可一直记得呢。"说着，就从口袋里掏出了一条蝴蝶金项链，"我看最近这款很热门，别嫌弃啊。"

朱梅很喜欢柑橘的味道，她推辞着："这礼物我可不能收，太贵重了。"

但是宋成却不由分说，直接替她戴在了脖子上："挺好看，你留着吧。"

金色的蝴蝶冰冰凉凉，憩在她的锁骨上，并且让她感到很沉重。"哎呀，这怎么好意思，我下次请你吃饭。"

"那感谢公主殿下的赏脸了。"宋成说。

"这么大岁数了，还学人家小年轻谈恋爱。"朱梅说这句话的时候，心里也是很欢喜娇羞的，像回到了同小姐妹牵手讲悄悄话的少女时代。

"快五点了，怎么还不烧晚饭啊。"宋成穿上她递来的拖鞋，疑惑地问。

"我点了外卖，还没送过来，要不要一起吃？"朱梅撒了一个谎。

"好啊。"宋成说。坐在沙发上，朱梅给他端了一杯茶。坐在深陷的沙发上，电视机里播放着爱情片。朱梅心里突然升腾起了一种久违的热情，就像一辆喷着蒸汽的火车，抑制不住地在身体中乱窜。最后和血液一起往脸上涌。她鬼使神差地亲了他一口。宋成明显僵住了，然后立刻回吻过去，在甜蜜的纠缠之中，卧室床头柜上那个插着玫瑰的细口花瓶也摇晃着，水被震得洒出来。在连绵的喘息中，蛋糕外卖电话响了三四遍，可是她没有去接，朱梅深深享受着如同石榴汁那样迸溅的羞耻感，鲜红甜美。事后朱梅精疲力竭地睡着了。

醒来的时候已经是第二天的九点半，朱梅从裹得很严实的被子里伸了一个懒腰，却看见宋成正面对着她躺着，朱梅冲他笑了笑。她声音沙哑地说，今天我想回一趟娘家。好，听你的。饿不饿啊。宋成理着她细软的头发。还行，我想吃清水挂面。宋成就起床烧水。强撑着从床上爬起来的时候，她觉得浑身酸痛，痛感如同一把巨大的铁锤，狠狠砸在她的骨头上。她扶着墙沿坐到了化妆镜前。镜子里的自己，脸部浮肿，眼下有些乌青，她在考虑用什么牌子的粉底霜遮瑕效果好。

宋成走出房间的时候，看到地板上蜿蜒着几道水渍，昨天由于拖地的鲜红的水桶还在客厅中央。趁着面条下锅，他蹲着用纸巾把地上的水渍擦掉。阳春面出锅，宋成特意烫了两颗小青菜。吃完热气腾腾的面条，他们洗漱一下就出发了。

说是探望母亲，宋成觉得更像是一场散漫随意的春游。黑色的奔驰车在郊区行驶，盘得油亮的葫芦车挂在颠簸之中彼此碰撞着。沿着泥路上齐腰的野草，不绝的鸟鸣和油菜花田。他有时看后视镜，有时又瞥一眼副驾上眉头不展的朱梅。你有心事？宋成问。啊，没有。其实朱梅脑袋空空，只是在数电线杆上的麻雀。"就带两箱山竹回去，阿姨不会嫌弃吧。"

　　"不会。"其实，宋成准备了精装的茅台酒，但是朱梅执意不肯。大概是关系还没有捅破那层窗户纸。就像隔着层叠的树枝看人，只能隐隐绰绰嗅到暧昧的粉红来。宋成喜欢含蓄优雅的女性，喜欢亲吻亮晶晶的润唇膏，喜欢清水芙蓉与笑不露齿，喜欢她们身上那种质朴的气质。而对于那群过于热情的追求者，用文化人的成语来说，就是趋之若鹜。油腻地像一块块红烧肥肉，除了满身艳俗就别无是处。更何况她们都是为了他的钱而来的，这一点宋成很清楚。而朱梅不是，她永远是皎洁的月光，是无暇的珍珠。

　　"快到家了。"朱梅摇下车窗，看远处连绵起伏的小青山。

　　"对，以前我们去那座山里挖竹笋，还差点被护林员抓了。"宋成感慨道。

　　"被抓住可是要罚款五十块呢。"朱梅笑眯眯地说，春风将她的头发丝吹得飘起来。

　　"我把窗关上了，你小心呛风。"宋成看着她微泛红晕的、兴奋的脸说。

　　"我就再吹一会，也不碍事。"朱梅的脸有些浮肿，像融化的芝士蛋糕，最近她总是觉得身体莫名发烫。

　　宋成不忍心拒绝，也就由着她了。回到了娘家，朱梅的母亲正在剥一麻袋毛豆，毛豆堆积在箩筐里，有半尺高。小院弥漫着豆子清新的味道。母亲看着宋成如何牵住朱梅的手，将她扶下车。又如何提着系着蝴蝶结的水果礼盒进门。

"妈。"朱梅招手喊了一声，嗓子却仍然沙哑，显然是昨天没有休息好，她连忙捂嘴假装咳嗽。宋成扶住了她的肩膀，也跟着打招呼："阿姨好。"

"怎么了这是？"看着女儿肿胀发黄的脸，母亲到底是很怀疑的。

"没，我昨晚没睡好。"朱梅掩饰着，然后蹲了下去帮母亲一起剥毛豆。新鲜的毛豆是好看的淡绿色，一粒粒睡在盆子里，像安静的小婴儿。

宋成一把抢过她手里的毛豆，说："还是让我来吧，别把手弄脏了。"

母亲就停下手里的活，将两人都拉进里屋："来就来，以后不必带吃的了。"宋成说："那怎么行，这些都是我和朱梅拿来孝敬您的，您就收下吧。"母亲仔细审视起这个从前看上去很不正经的小伙子，他喜欢朱梅，对朱梅的好，她心里一清二楚，不过她从前是瞧不上他的，中学那会儿，他身上就有种流里流气的气质，会对着阿梅吹口哨。更何况他是连大专也没有考取的小子呢？不过，这些年他跟着父亲把生意做大，养殖厂也招募了好几十个员工，也能被称为宋总了。所以他也并不完全傻，还是很有经商头脑的，再加上这孩子的心实诚，愿意在阿梅落难的时候不离不弃，眼看阿梅也没有完全从丧夫的悲痛里走出来，身形也日渐消瘦，她是看在眼里疼在心里。要是宋成这小子真的能好好开导阿梅，日后两人彼此做个伴也不错。

"阿梅，宋成这小伙子不错，人挺好的。"母亲故意把话题抛给朱梅。

"谢谢阿姨夸奖。"宋成不好意思地挠挠头,"今天阿梅说想来看您,我们就马不停蹄地过来了。"

朱梅低着头,嘴角有一弯新月般明朗的微笑。母亲猜到了,她甚至对从前的毛小子有些许好感了:"人家大老远把你送过来,还不好好谢谢他呢。"母亲用胳膊碰了碰朱梅,朱梅却趁机像小雏鸟一样依靠在母亲的臂弯里,娇嗔地喊了一声妈。"怎么越活越像小孩子了。"母亲摸着她的头,宋成也跟着笑了起来。"我本来就是您的孩子啊。"朱梅嘟起嘴。

母亲说:"那就不提。最近冉冉在学校里怎么样?"朱梅像爱撒娇的小女孩一样扑进母亲怀里:"我今天回来是看您的,老提别人做什么。"母亲怜爱地抚着朱梅的背,她的确瘦了很多,脆弱地像一根营养不良的竹子,一折就断,"好,那我们来聊聊你,最近工作上的事还顺不顺心?"至于生活上的事情,母亲还不敢触碰她未愈合的伤口。

朱梅愣了一下,然后说:"挺好的,同事人都好,最近工作也清闲。"然而她已经请了一个多礼拜的假,早就把单位的事情忘得干干净净了。

"那就好。"为了活跃气氛,也为了怀念旧时代,朱梅又拉着母亲回忆了许多童年的趣事,轮到宋成知道的地方,他就恰到好处地插一句嘴。如今他们看上去像真正的一家人了。临别时,母亲让他们带两袋毛豆回去,接过毛豆。朱梅郑重其事地拥抱了母亲,她抱得那么紧,就像要抱住一团融化在春天里的雪一样。"妈妈再见。"朱梅隔着玻璃窗说。

周五她打算亲自去接女儿放学。朱梅曾经在网上看过一个视频,大概是得绝症的母亲为女儿织完了能穿到成年的毛衣，电影解说配着煽情的背景音乐听得她眼泪汪汪。可是真的轮到她确诊癌症晚期，却没有足够的时间为女儿准备那么多衣物了，甚至连买这么多衣服的钱也没有。准确地说不是没有，而且剩余的存款还要留给她读书与生活，不能这么诗情画意。但是朱梅的确为女儿写了很多封信，边写边流泪，还是日常的唠叨，还有祝愿她前程似锦，妈妈在天上会一直陪着她的意思。她把它们和存折一起藏在了保险柜里。

放学的时候，冉冉坐在后座上，眯起眼睛欣赏一袋玻璃弹珠："妈妈你看，这都是我今天赢到的。"她将一颗橙色的珠子塞到朱梅手心里。

如果换作平常，朱梅一定会进一步问弹珠的来历，以教育她不能乱拿别人的东西；或者问这些弹珠干不干净；又或者问和别人赌弹珠这一行为是否合乎校规。但此时，温热的弹珠被紧握手心，像一炬火苗，坚定而有力地在手心燃着，她突然觉得这些顾虑像乱草，被烧得干干净净，只剩下浑身的轻。"哦？你是怎么赢到的呀。"

冉冉像一条兴奋的小狗，双手搂住朱梅的脖子，贴着耳旁热切地说："就是猜手里的弹珠是双数还是单数，今天我运气特别好，把弹珠王都赢回来了。"

"什么是弹珠王？"朱梅语气温柔，像在哄三岁时候的女儿。

"就是我给你的这一颗呀，它是最漂亮的。"

红灯的时候，朱梅摊开手掌，这一颗玻璃弹珠硕大无比，阳光下折射出彩虹一样的光晕，里面还有一抹弧度似鱼的橘红色花纹，十分晶莹剔透，像是从发簪上摘下的装饰物。

"这么漂亮啊，妈妈不要了，你留着吧。"朱梅将弹珠递给女儿。

"不行，我是特意给你赢回来的。"女儿有些着急地将它推回去。

朱梅就笑着接下来了。生病以后，她的记忆力逐渐衰退，很多往事都模糊地氲在眼眶里，宛若在烫水里逐渐舒展的银针茶，越来越淡。淡得只剩下悲哀的心绪。然而对女儿儿时的记忆却永远鲜艳。冉冉从来不是一个让人省心的孩子。婴儿时期她就出奇地喜欢啼哭，因为要喝奶，因为肠胀气，甚至因为无聊。嘹亮的哭声不分昼夜地响起，只有被朱梅抱在怀里哄着，才能安然入睡。长大之后，她经常像男孩子一样调皮捣蛋，每次朱梅训斥她，她总是眼泪汪汪地听着，满口答应，结果没过几天又开始闹腾，以至于她变成了班主任办公室的常客。要说学业，也只能算是中等偏上。然而就是这么普通的小女孩却又无比的孝顺，学校里发的好吃的好玩的，她总是小心翼翼地带回家。包括老师奖励的糖果，午餐时候发的甜点，还有每次春游的纪念品。二年级的时候，女儿用餐巾纸包了两块炸麻花回来，麻花缠绕在书包底，渗出一大片黄褐色的油。朱梅拎起书包，将冷掉的麻花伸到女儿鼻子前，很生气地问："你看看这书包，怎么回事？"女儿却毫不知情地说："这是蔡老师给英语默写满分同学的奖励，别的小朋友都自己吃掉了，我忍住没吃，带回来了，妈妈你快尝尝。"朱梅顿时不生气了，将她心疼地搂在怀里。自丈夫去世以后，冉冉是她那如荒原般贫瘠的心灵里，唯一的清泉，至于学业，离高考还早得很，为什么要杞人忧天呢？或许十年，或许八年以后，冉冉终会如同迎春花一样，在三月里抽条疯长，然后变得金黄明艳，娉婷美丽，变成花一样的少女。但这样的场景，她大概是见不到了吧。

妈妈给你买了柚子炸鸡。"朱梅忍住眼泪，刻意别过头去，将刚才点的炸鸡递给女儿。

"哇塞！谢谢妈妈。"炸鸡放得有些久了，开始发潮，零星的蜂蜜柚子酱覆盖其上，显得没有什么卖相。但冉冉仍然吃得津津有味。

握着方向盘，朱梅轻松地交代说："以后有好吃的好玩的，先留给自己，别被其他小朋友抢走，知道了吗。"

"好！"女儿含糊不清地说。

隔天朱梅约宋成去逛公园，还是种满香樟的公园，在结束生命的前一天，她还是想到了宋成。原计划是去湖边坐摩天轮，但路途实在太过颠簸遥远，她的身体越来越不适，只想去附近逛逛。吃完了早饭冉冉在餐桌上玩新买的芭比娃娃。朱梅穿了仿巴宝莉的驼色风衣，第一颗羊角扣敞开，露出雪白的毛线衫，她罕见地化了妆，用珠光的眼影厚涂在眼皮上，然后将口红厚厚地抹在唇上。

"妈妈，你今天要出去玩吗？"女儿用食指蘸桌子上受潮的肉松舔着。碗里剩下的粥已经很凉了，结了一层白衣。"不是，单位有点事情，中午奶奶会过来烧饭的。"她弯腰穿上靴子，略紧的风衣将她的背勒得很臃肿。

"我想吃红烧肉。"女儿说。

"奶奶知道，今天给你买了一斤五花肉。"朱梅此时已经将门打开，春风卷着一片枯焦的树叶流窜进来，屋里也进了凉意。

"那你早点回来呀。"娃娃被摆弄成招手的姿势。"好。"朱梅对镜将一串白金的珍珠项链挂在胸前。

"妈妈，天气预报说今天降温，你多穿一点。"朱梅心疼地将女儿拥进怀里，嗅到了她身上熟悉的味道。她心里有一种鹅毛飘落的感觉，又酸又痒。

"谢谢宝贝，你也好好照顾自己。"朱梅吻了吻她的额头，下一秒门被轻轻地带上了。收拾好心情，朱梅要奔赴她的最后一场约会。

公园景区检票口的门前，游人稀稀拉拉，是倒春寒的天，雨滴犹豫了良久，终于从阴沉的天空里落了下来，像无数断了线的珍珠，在铺满鹅卵石的小径上飞溅起来，也激起无数清脆的鸟鸣。大概是因为冷，朱梅就亲密地挽起宋成的手臂，她天鹅一样的脖颈在冷雨里发青。"对不起，我应该改天让你出来的。"宋成撑着伞，愧疚地挠头。

"这叫天有不测风云。"朱梅安慰道。

他把围巾解了下来，系到朱梅的脖子上。藏蓝色的条纹围巾上游走着淡淡的香烟味，围巾主人显然刻意拍打过，但烟叶的苦辣味还没有完全散去，朱梅被刺激的嗓子疼，但她忍住了咳嗽的欲望。"对了。"宋成从怀里掏出一杯豆浆，豆浆有些漏出来，在塑料杯口汪了半圈的乳白色，但它仍然是温热的，"给你喝。"

朱梅站在落叶的香樟树下，吸了一口。无糖的豆浆索然无味，黄豆碾得不是很碎，像沉底的沙砾般粗粝，但朱梅仍微笑着咽了下去。"味道怎么样，这些是我特意去商场里挑的黄豆。"宋成面对她而立。"好喝。"朱梅说。

"是吧，看来新买的榨汁机挺好的。"他得意地拍了拍朱梅的肩膀，"以后我天天给你打，让你在上班路上喝。"

"怎么，你要接我上下班?"朱梅捧着豆浆捂手。"是啊，最近养殖厂那边不是很忙，可以多陪陪你。"宋成憨憨地笑了起来。朱梅被他的笑感染了:"那多麻烦你啊，我说，是如果，如果有机会你也可以多带冉冉出去玩，她说她喜欢宋叔叔。"

"那一定。"宋成拍着胸脯保证。

闲聊之际，雨突然变大，树叶被打得沙沙作响，雨幕声势浩大，一瓢一瓢的大雨斜泼在他们身上，没来得及反应过来前，朱梅的丝袜与绒面靴尽数湿透，她惊叫一声，就抓起他的手，在雨里奔跑起来。到了一间能避雨的小卖部里，喘着粗气，朱梅抹去脸上的雨水，抱怨道："都怪这场雨，我化的妆都花了。"

宋成真诚地说："我觉得你不化妆也很美。""还记得这条珍珠项链吗，这是你在我刚工作的时候送的。"时隔多年，硕大的淡水珠早已如鱼目似的黯然了，但此时，被雨水擦拭过后，它却熠熠生辉起来，像一粒粒永恒的银白色月亮垂在胸前，照耀着孤苦的心，在这强烈的光晕下，世间万物都黯淡失色起来，朱梅被灼得流下了眼泪，"我很喜欢它。"

宋成忙擦干她脸上的泪水："别哭呀，下次我再送你十条。"

下辈子我们要是能在一起就好了。"朱梅紧紧抱住了他。

"不说这种丧气话，等你考虑好了，咱们就去领证。"他吻着朱梅的脸。可朱梅什么都没有说。

周日，冉冉被奶奶接到乡下，朱梅终于可以独处了。听说人死之前要点蜡烛，好歹要有点光亮，灵魂才能在孤独阴冷的另一个世界找到转世投胎的道路。朱梅想了想，转身出门，走向老街的杂货店。她感到身体突然很轻，就像一朵摇摇欲坠的泡桐花，能被春风吹倒，生命是脆弱的，而温暖如斯的春风大概是最后一次吹拂她了。朱梅感觉口罩上有一股甜腻腻的腥味。"老板，来两根蜡烛。"朱梅撑在玻璃柜台上。

"最近小区里总是断电。蜡烛的存货都快不够了，明天一大早得出去进货。"老板从躺椅上站起来，抱怨着。

"是啊，总停电。"朱梅抠着手指上一根血淋淋的倒刺。

"再带两根红的吧，烧起来亮堂好看。"老板从货架上取下两根雕刻牡丹的夸张红烛，上面浮出一对喜字。他转身看到了朱梅素颜的脸，吓了一跳，"哎呀，你这是怎么了？"

"最近得了重感冒，好几天了，也不见好。"朱梅尽量不让外人见到她形如枯槁的模样。

"最近风大，妹子你多注意保暖啊。"老板说。

"谢谢你，帮我包起来吧。"朱梅又剧烈地咳嗽了，她捧着两根素白的蜡烛慢慢走回家，春风又绿江南岸，在裹着鹅黄柳絮的熏风里，两边垂柳蹭着水暖的拂堤而过，人生中无数美好的风景在她眼前走马灯一样地播放着。

换上了最舒适的睡衣。然后把蜡烛摆成两列，点燃。蜡烛明黄色的火苗跳跃，坚定有力地指引着她。她将窗户打开，在微如游丝的风里，柳絮飘飘，像雪终于落了下来，并且冰肌玉骨地雕琢着她，如今朱梅反而一身轻松。忽如一夜春风来。她贪恋地呼吸了一口春天的空气，然后用力合上了窗，捏着鼻子将一整瓶农药全部喝下。

躺在床上，朱梅的手里仍然握着那颗女儿送的玻璃弹珠。药效上来，她感到胃里翻江倒海地疼，并且头晕目眩。玻璃弹珠啪嗒啪嗒在地上滚动着，嵌入其中的那抹橘红色翻滚着，像在渔网里拼命挣扎的金鱼。那条金鱼剧烈喘息起来，最终停在桌角，没有了动静。

听说朱梅的死状很惨。警方确认了她是自杀，好在后事都被安排得很妥当，可是冉冉再也没有双亲了。

两天后，一个邮政快递寄到了宋成的家里，是一枚钻石戒指。

清蒸黄鱼

　　张子景在某老牌重点大学的社会心理学研究生毕业以后，报考了事业单位的心理咨询师。工资不高，或者说与他海外留学镀金归来的同学相比，工资不高。老同学有人在一线城市开了私人咨询室，时薪可达 1500 元。富豪怎么会有这么多的烦恼呢？清闲的时候，他在诊室冲一杯清苦的美式咖啡，望着桌子上旺盛生长的绿萝，总会浮想联翩，从而想到一些很不专业的问题。但无论如何，考上编制就是拿了公家的铁饭碗，比如他现在，在社区里替人做心理健康疏导，半天都不一定有客人来，颇有点赋闲九品芝麻官的意思。但轻松到底是有轻松的好处。说到底心理问题在这个较为保守的城市总是被人忌讳的，一提到心理咨询，人们往往想到穿蓝白条纹病号服的精神病患者，想到爬山虎葳蕤蔓延的疗养院和无数电影里打打杀杀的桥段。

　　其实在张子景硕士阶段，曾经当过"白鸽行动"的志愿者，为在校学生提供免费的朋辈心理咨询，那时候可真是一腔热血，誓为人民幸福，为中华崛起而读书。然而等正式工作之后，他反而没有少年时那么意气风发、踌躇满志了。本来计划去山区支教，也随着他安于现状的"躺平"而一再搁置。

在他一眼望得到头的人生里，很多事情的确不能提起他的兴趣了。比如今天早晨，屋外淅淅沥沥下着雨，他就很不想去上那可有可无的班。

心理咨询室很偏远，要走过一条十分硌脚的砖路。年久失修的小路坑洼崎岖，雨打下来，涟漪在坳塘里层层翻开，像水至清而无鱼的池塘。也不知道工程师是怎么设计的，竟在咨询室门口种一片绿油油的竹林，还是愁煞了林黛玉的湘妃竹。湘妃竹斑斑驳驳的，像瘦削的美人生满了霉菌感染的疤，更兼风雨声将竹叶摩挲得簌簌作响，就更有娥皇女英洒泪之感了，令人心生抑郁。

八点整，张子景来到办公室，打扫完卫生，他为自己泡了一杯热的美式咖啡，然后替绿植浇了浇水，就无所事事起来。上午稀稀拉拉来了两个咨询者。其中一位还是穿着丝绸花衬衫，烫着红卷发，来同他大吐苦水的奶奶。她像一柄老式机关抢，猛烈而持久地发着牢骚，关于小孙子如何不肯好好吃饭，如何不肯上课认真听讲，如何成绩倒数之类的家长里短。张子景保持着职业的微笑，一边将教科书上儿童心理学章节的对应内容背书似的说给奶奶听。等奶奶絮絮叨叨结束，平心顺气地摔门离开时，他终于松了口气，揉一揉太阳穴，等待下一位客人的到来。

约莫下午四点多，门被"咚咚"敲响，很利落，如坚果落在土地上的声音，轻轻脆脆的。张子景放下正在播放抖音视频的手机去开门。一位一袭素白长裙的女子站在门口，裙下摆淋湿成青灰色。她吃力地眯起那双很黑的杏仁眼。神情之中是呆滞的困惑。张子景总觉得她很眼熟，好像在哪里见过。

面面相觑了良久，"是你？"张子景终于费劲地辨认出眼前人的容貌。时隔多年与旧日情人再相逢，她还是与十六岁那年如出一辙。我们姑且以中学时代的绰号"小爱"来称呼她吧。小爱的肤色还是豆腐一样白，但这是一块从冰柜里拿出来的冻豆腐，瘦得实在有些脱了相，棱角明朗起来。她化了淡妆：珠光灰的眼影，淡粉色的口红与事业女性很爱的上挑眉。眼前人与记忆里高度重合。想起高中上体育课时，她总爱将乌黑油亮的秀发用一根黑橡皮筋绑成高马尾，她身上飘着与汗臭味截然不同的，蔷薇花一样的体香，与女伴们笑着走过篮球场。她一直是充满雄性荷尔蒙的男同学眼里，最靓丽的风景线。换句话说，她有着不属于那个年纪的风姿绰约。

　　现在，张子景有一种错觉，她不是穿过长长的湘妃竹林荫道而来，而是从被绿色铁丝网囚禁着的篮球场外款款走来，带着她温柔的笑容给自己送上一瓶冰水。这勾起了他先前的浪漫的回忆。小爱仍在潺潺的雨帘里驻足着，此情此景颇有一种"密雨斜倾辟荔墙"的意境。不像现在有些三四十岁的女性，依然穿着粉色的吊带裙，背着毛绒小熊包，甜蜜的称呼自己为小女孩。她只用一串低调的淡水珍珠项链作为装饰，湿漉漉的黑发凝在额前，眉眼间有几分掩饰不掉的忧愁。

　　"果然是你，我听他们说……"听见小爱的声音，张子景总算是回过神来。不等她把话讲明，张子景就赶忙招呼她进屋。"外面雨真大。"小爱说。他对这次重逢感到不知所措，只是讪讪地将空调温度调高了。

　　收起来的大黑伞依靠在墙角，正往下滴落着清澈的雨水。

　　"你的心理咨询室真豪华。"小爱却毫不拘谨地在这一隅不足十五平方米的小诊室里东摸摸西看看。似乎他们仍然是老熟人，两人只是几个礼拜没见面一样。张子景趁机去饮水机前兑了半杯温水,然后走过去递到小爱手中。小爱正在专注地看沙盘游戏的模型,沙盘游戏配备一个盛有细沙的木箱,木箱内壁被涂成海一样的浅蓝色。小爱抬眼看到他,就接过底部有些发烫的纸杯,低头喝水。"这沙盘挺有意思。"小爱用左手拨动着砂糖一样细腻的黄沙子,在木箱边角营造出一片蔚蓝的水域来。"这是政府拨款两万块引进的游戏疗法工具,在国外心理诊所是很常见的。"他解释道。小爱端详着架子上琳琅满目的动植物与建筑的微缩模型,便伸手取下几株镶嵌宝石的粉色玫瑰花摆弄成一簇,又用刷白漆的篱笆围绕起来。"这不就是幼儿园小朋友爱玩的过家家么?"她有些不屑地轻笑起来。"事实上,治疗师运用荣格的'心象'理论去分析来访者的沙盘模型,就能大概知道他们内心的潜意识。"张子景说的一大堆深奥的术语,小爱听不懂,但那只贴着银色钻石美甲的,嶙峋的手顿了顿。"那你说我现在心里在想什么?"她有些疑惑地瞪着张子景。她突然揉起了眼睛。"今天出门匆忙,美瞳应该是戴反了,涩得慌。"张子景接过小爱的杯子,引她去洗手台旁:"外人对我们这一行误解很深,其实我只是个心理咨询师,又不会读心,怎么知道你内心在想什么,再说了,要是真的能看透别人的心思,去澳门赌场就直接赚得盆满钵满了,还做心理咨询师干什么呢?"张子景看出了她的窘迫,便打马虎眼似的圆了过去。那只纸杯被小爱咬得边缘卷起,还有淡淡的,珍珠似的牙印。

"看来你这诊室还是门前冷落车马稀啊。"重新戴好美瞳,小爱扯下两张"洁云"餐巾纸,将手上的水揩干,就很自然、放松地坐了下来。心理咨询室红棕色皮革的沙发很软,散发着木屑般令人镇定的香气。"有句话怎么说,但愿世间无疾苦,宁可药架生灰尘。"

张子景似乎为自己的怀才不遇找到了宣泄口，这句话脱口而出时竟然有些拜伦式英雄的孤傲。然而现实就是，他主修的社会心理学只是再基础不过的分支，当来访者有严重的心理问题时还是得去挂精神科大夫的号，自己的作用不过是辅助治疗而已。学无止境，沧海一粟。"你倒是有一种悬壶济世的味道了。"

两人突然无话，他们的故事在十几年以前就已经落下帷幕。张子景甚至觉得这件事情在同高中同学、大学同学讲述过无数次，又在换了无数个女朋友之后，显得乏善可陈。就像一块嚼了半天的薄荷口香糖，里面清甜的滋味早就被舌齿压榨殆尽，一丝不剩。只剩下无聊的苦涩的橡胶味道。但我还是给大家粗略的讲一讲他们的爱情故事吧。在十二年前的开满紫藤花的夏季里，张子景在朋友的撺掇下给下晚自习正要回宿舍的小爱递上了一封情书。小爱的追求者很多，但成绩与外貌如同张子景一样出挑的却是第一个，在众人的起哄声里，他们在一起了。但花无百日红，他们谈恋爱的事情被一个眼羡的追求者告诉给了教导主任。当时临近高二的期末大市统考，学校领导高度重视。小爱家里无权无势，受不住压力就转学了，此后再无音讯。本来应该飞蛾扑火一样热烈的，义无反顾的爱情却以他的懦夫行径收尾，他还不知道怎么担当责任。但他发誓，小爱仍然是他心里最美丽的白月光，他诊所的第一格抽屉里还珍藏着当年小爱留给他的黑色发圈。此时此刻，面对着初恋的她，他突然理解了《赤壁怀古》里"樯橹灰飞烟灭"的幻灭感，惋惜却无可奈何。

"对不起。"张子景鬼使神差地说出了这一句话。小爱没有回答，脸上浮现出很寡淡的微笑，牵强得像一场绍兴的春雪。一切赎罪的言语都太虚伪，像寒蝉的双翼般薄而透明，仿佛轻轻一弹就会消逝在秋风深处。如果她接受了张子景的道歉，难道那些父母的责骂，转校的流言蜚语就能消失，落下的功课和本来应该繁花似锦的前程就能回到正轨吗？他们就能和好如初，做回男女朋友吗？如果没有用，那这些不咸不淡的话语又有何意义呢？

"算了算了，我看你这'店'也没有什么生意，不如早点下班，请我吃一顿晚饭吧。"小爱最终只是笑了笑，从沙发上站了起来。张子景看着手腕上这只浪琴表，时针大概戳向了五点，该下班了。他就收拾起桌上的材料，关灯，锁门，和小爱一起离开了。

从这一处僻静的心理咨询室到临海的美食街，大约有两千米路。沿路的立交桥底下，有零星几辆绿色的三轮车。几个算命先生，穿着蓝灰色棉布的道袍，他们的衣着甚至有些褴褛。就戴一副金丝边的老花镜，稳坐小马扎上，阅读着玄学古籍，旁若无人。脆黄的书页早已被蠹虫啃食。仿佛一翻页就能掉出一段灰尘漫天的历史。书的封面，张子景努力辨认，大概是模糊不清的，麻衣神相这四个大字。他们的录音机里正播放中央台新闻联播。小爱问他，你信不信这个。张子景是共产党员，当然不信。小爱用手指着他的鼻尖，我会一点面相，你这种眼睛，就是渣男的桃花眼，滥情得很。

漫天榕树的浓荫里，夏蝉歇斯底里地鸣叫，一阵子后又突然集体静默了，像狂风刮落树叶上积攒的隔夜雨水，淋得行人一激灵。空气还是沉闷得很，像一面被封起的铁皮鼓。小城并没有因为下雨而清新起来，反而翻涌起了泥土草叶的腥味和聒噪不断的蛙鸣。只是走了一千米路，张子景的后背就有些湿了。

"走不动了，歇会吧，我们先去吃饭。"过了一段上坡路，小爱喘着粗气扶住了胸口，珍珠项链随着她的胸剧烈起伏着。她的锁骨很明显，两条横梁一样挂在肩下，有些突兀。

那就就近找一家海鲜大排档吧。小城浸泡在海鱼一般咸腥的雾气之中。那几张露天塑料餐桌用印有"青岛啤酒"广告的遮阳伞罩着，通体透绿，夸张清爽，很合时宜。海鲜店门口有一座水族馆式的大鱼缸，四角方正，几条大黄鱼游来游去，它们的双唇和腹部像油菜花一样金黄，背上的银色鳞片却很薄。老板打开了氧气泵，在无数串泡沫里，这几尾黄花鱼就活络起来。张子景隔着玻璃指了一条在啜食氧气的鱼，就这个。老板是个中年有些谢顶的男人。他戴着红色胶皮手套，用网兜捞起那条两巴掌长的黄花鱼，鱼尾扑腾着拍起了浑浊的白色水花。

"好'活'的一条鱼。"小爱捂嘴感叹着。

"我们家的鱼就是新鲜。"老板得意地介绍，"这一点都不比野生大黄鱼差，我们家鱼塘里水质干净，饲料又是田螺小虾，它们吃得可好着呢，个个都能长到两斤以上。""像一些不懂行的外地人，专拣野生黄鱼吃，几千块钱肉质又粗，鱼刺又多，不知道有什么吃头。"小爱认真地听着老板的吹嘘，看他熟练地过秤称重，刮去铠甲一样银闪闪的鱼鳞，"你们要清蒸还是红烧？""清蒸好哇，味道鲜，就是一个原汁原味。"

一次性的白色塑料桌布被傍晚的海风吹得哗哗作响，像一张振翅的帆，要带领着他们去什么遥远的地方。夕阳热烈地如同刚开瓶的橙花精酿啤酒，呲得一声，周围的晚霞就像海浪的泡沫，像啤酒的金色泡沫，激起千重浪般呼啸而来。路灯一盏接一盏亮了起来，暮色像数万归巢的乌鸦受了惊吓，扑棱着丰满的翅膀四处乱窜，随即又停驻在了这座海边小城里。

服务员端上来了一盆醋拌海蜇皮，麻辣蛤蜊，生姜与红辣椒星星点点地撒在上面。

小爱坐在对面，也不动筷子。在月光与白炽灯下。她愈发窈窕了，藐姑射之山，有神人居焉，肌肤若冰雪，绰约若处子。不食五谷，吸风饮露。她像一根风韵犹存的白色芦苇，轻而易举地就能被瑟瑟秋风折断。原来汉成帝宠爱赵飞燕是有理由的，掌中舞罢箫声绝，三十六宫秋夜长。真是帝王之趣啊。

"我的母亲是个病态的女人。从前我不知道怎么描述那种感觉，直到那天晚上我坐在沙发上看《动物世界》，电视机屏幕上播放着一条鲜绿鲜绿的竹叶青蛇在雨后草上爬行。然后你会突然知道为什么草书是蛇形草上，为什么庄子在《应帝王》里把假意殷勤称之为虚与委蛇。那种曼妙而婀娜的身姿，如果蛇精变成女人，那的确完全让人无法自拔。白居易的歌伎小蛮，就有纤细的杨柳腰，可见至少从唐朝开始，就以腰肢瘦弱为美了。但是我不以为然，最美的不是苗条的杨柳腰，而是水蛇腰，就是和《动物世界》里那条蜿蜒的竹叶青一样，所到之处洇下湿淋淋的腹迹，接而妩媚地吐露殷红的蛇信子……"

张子景对女性的腰肢高谈阔论让小爱听得入迷，对张母，小爱了解甚少，唯一的记忆就是高中早恋被请到办公室约谈的时候，她看见了那严苛而似蛇的女人，和现在的自己一样过于白瘦。她好像穿着中年贵妇流行的绿旗袍，带着一只翡翠手镯，手背上青筋虬露，她用一根手指点了点远处正进办公室的小爱。小爱的心里顿时升腾起恐怖的情绪，那应该呆在画报里的旧女人，给她留下了很深的阴影。

晚上，她做了一个噩梦。大概是张母拿着绿色的细麻绳，快步走进屋里，小爱惊恐地躲避，你想干什么？张母按住她的手，脸上挂着命妇一样珠翠环绕的微笑，我们是为了你好，听话，我把你的腰绑起来。中世纪的束腰手艺再度复活。小爱无论如何都挣脱不开。

然后她的腰肢上缠满了令人窒息的绿麻绳，突然，麻绳变成了身体的一部分，她的腰部变得奇痒无比，然后生出了蛇一样的细鳞片，床沿慢慢长出了齐腰的，意图让人销声匿迹的杂草……在铁链一样的束缚里，小爱流着冷汗惊醒了。

当小爱隐去关于张母的片段，将噩梦情节全盘托出的时候，张子景却不置可否地笑了笑，像听一个普通的猎奇故事。他只是用筷子翻动着淡紫色的蛤蜊壳，将漏掉的蛤蜊肉沾上辣椒油以后，抿入嘴中。这一点让小爱很不满。于是她娴熟地开了一罐啤酒，倒在有些油腻的玻璃杯里。

"你居然会喝酒。"

"怎么不会呢？在外应酬总要学会一些吧。"

"你现在在做什么工作，怎么就光学会这个？"

小爱也不接话，只是将剩下的啤酒一饮而尽。

在清河海风与溶溶月色里，夜逐渐深了，礁石反复被浪潮拍湿，只留下月光粼粼的如碎银般的痕迹。海边闷热，出菜又很慢。小爱有些不耐烦地抓挠着手臂内侧，蚊子块夸张地浮肿了起来，好似挖破了一颗鲜红饱满的蛇莓，手臂上都是蚊子包。"夏天的蚊子真多啊。"借着大排档微弱惨白而摇闪的灯光，她伸手捉起了飞虫。"我这里有青草膏，你先涂上。"张子景从背包里拿出一罐泰国的青草膏，放在餐桌上。小爱感慨道："要是你早拿出来就好了，我血甜，特招蚊子，从前跟你去小树林的时候蚊子就光爱咬我。你现在才想起来给我青草膏就只能算亡羊补牢了。希望你以后做事情都能提前打算。"

"你什么时候变成爱教训人的哲学家了？"张子景颇有兴趣地看着她。

"不过是一些经验之谈而已。"小爱将清凉的青草膏均匀地涂抹在白嫩纤细的胳膊上。

说话间，热气腾腾的清蒸大黄鱼就端上桌了。鱼被盛在有海浪花纹的白瓷盘里，淋了酱油，上面撒着青红椒丝，葱丝，姜丝。鱼腹宛若琥珀，鱼肉宛若白雪，鲜嫩多汁，细腻回甘。张子景将鱼肚子上少刺的肉很贴心地两面都蘸上了酱油，又搛到了小爱的碗里。鱼肉果然很嫩，在碗里散成了一瓣一瓣，如同蒜肉。小爱一口将鱼塞在嘴里，咽下去，然后慢悠悠地夸奖道："张子景，你现在变得真绅士啊。""哪里有？只不过是为你服务而已。"张子景油嘴滑舌地回应着这叫"姑射山神女"。

"吃完晚饭以后，我们去散会步吧。"小爱看着远处的渔火星星点点，像红色的星星掉入人间，目光迷离。

"好。"

"小时候我总爱在沙滩上捡小贝壳，五彩斑斓的很好看，但长大以后我才知道那应该是客人们吃剩下的蛤蜊壳，扔在地上。"

"现在哪能捡到这么漂亮的贝壳，你看岸上的都是染色工艺品。戴着戴着就把手腕染成玫红，蜡黄，海蓝，深紫色了。"

"真是俗不可耐啊。"

他们慢慢地吃着碗里的黄鱼，有一句没一句地聊着。在又一缕海腥味的晚风拂过之后，小爱突然弯下腰，凑着垃圾桶猛烈地呕吐了起来。准确地说，是干呕。弹簧片一样粗粝的干呕，她宛若一条搁浅在石滩上的黄鱼，夸张地张开了双唇，呼吸着令人窒息的空气。她的嘴唇毫无血色，活似两片营养不良的枫叶。那急促而诡异的呕吐声吓了周围游客一大跳，引得食客们纷纷向他们这一桌看去。

张子景慌张倒掉了杯子里的啤酒，给她换上了一杯温茶水。小爱虚弱的手撑住脑袋，额前细密的汗珠闪闪发亮。她接过水杯，漱了漱口，就勉强地笑了起来，太久不吃海鱼，不太适应。

"走吧，去医院。"张子景慢慢地、关切地拍着她的后背，神态是担忧的样子，"去什么医院，不就是啤酒喝多了，以后再也不在饭前喝这么多酒了。"小爱揉揉胃，镇定自若，我先出去缓缓胃里的恶心劲儿，你再吃一会吧。但张子景没有逗留，买完单，就追了上去。

城市的夜晚里有困倦的尘土和尾气味，有烧烤摊夹杂着吆喝与醉语的烟熏味，还散发着樟科植物独特的苦涩与辛香味。九点半以后熙攘的人群就像退潮的海水一样，在皓月中寂寞了。临街的月桂树在橙色路灯下打了蜡似的，熠熠生辉。它们结着青里泛白的珍珠花，像小爱在风里微微翻飞的裙摆，此刻张子景心神飘荡，"其实和喜欢的人压马路是一件很浪漫的事情。"酒精作用上头，他面红耳赤而飘飘然，就没头没尾地说了一句。

"大概是吧。"小爱将黑色碎发撩至脑后。"听说，你在单位里谈了一个和我很像的姑娘？"

"听谁说的，都是讹传。"张子景摆了摆手，声音到底小了，细如蚊咛。"新生活光明灿烂，多好啊。"小爱感慨道。在乌漆抹黑的夜色里，他不敢看她，昏黄的路灯斜照过来，小爱变得薄如宣纸，像一摊水，即将溶解在微不可察的月光里。他感觉某种强烈的，咄咄逼人的愤怒和失望涌上心头，应该是她戳到了自己的痛处，也可能是对从前的愧疚无法释怀。而所谓的未来的光明灿烂，多少有些嘲讽的意味。什么是光明的未来？是他有拿且只拿得出手的铁饭碗工作，还是和富二代女友刚分手不久的爱情呢？

可是小爱没有给他深思和愤怒的机会。"我渴了，去买点冷饮吧。"在随意的聊天里，他们走进了一家街边烟酒店。在飘着白色冷气的，轰鸣着的和路雪冰柜里，张子景随意拿了两根包装简朴的雪糕，去收银台才发现，微信支付界面上赫然显示着黑体的三十点零元。惹得小爱一阵惊呼，"现在雪糕都这么贵了？"张子景笑笑，"偶尔一次也还吃得起。"

拆开包装，雪糕像一块海蓝色的糊墙的砖瓦，黏腻腻的。"我不喜欢这种味道，有股汗似的咸味。"小爱皱起眉头，这种老式猪油糕点似的口感实在不敢恭维。"花这个价格买罪受……"

张子景潦草地说："这是海盐芝士的，今年还挺流行。你吃就好了，没必要斤斤计较这几十块钱。"

小爱用灼热的目光直勾勾地盯着他，宛若一株妖娆的虞美人，鲜红艳丽："如果我们还是十六岁，大概可以牵着手，沿着沙滩一起吹跌宕起伏的海风，空气里弥漫着牡蛎的味道。如果愿意，我们可以找一家路边摊吃一顿锡纸花甲或者点几串烤羊肉串。吃完以后我大概会嚼一片绿箭的口香糖，然后你会送我在九点前回家。我们会拥抱或者亲吻。"她顿了顿，脸像苹果一样红彤彤的，用暧昧的神情说道："但是我已经二十八岁了，你也是。"

可惜物是人非啊。她的生活已经是市侩的了，就是为了二两豆腐能和菜场小贩讨价还价半天，日子还被过的如同一地鸡毛。而他大概算得上生活有滋有味的中产阶级吧。

"子在川上曰：逝者如斯夫，不舍昼夜。"然后小爱打了一个很长的哈欠，她用手捂住嘴。

"前面就是公交站台了，我该回去了，我明天还要上班。"张子景脸上浮现出沮丧的神色，时间果然过得好快。他和小爱说："留个微信吧，安全到家了就告诉我。"蓝皮的十六路公交车打着暖黄色的夜视灯，轰鸣驶来，其实它已经很老了，排气管源源不断地向外咳出黑色浓烟，车轮"嘶啦"碾过路边的脏水塘，将他和小爱的鞋子都沾上了浑浊的泥水。小爱不管不顾，就小跑着上了车，投币。然后向愣在原地的他摆了摆手，说下次再见。只留下一袭白裙的消瘦倩影，和摇摇晃晃的城市公交车一起，消逝在城市的某个角落，渐行渐远。

或许这样也好。她永远是我记忆里最青春的模样，就像是花边相框里的鲁侍萍，永远年轻，永远美丽。

第二天上班的时候，闲来无事，张子景玩弄着抽屉里那根黑色的发圈，脸上流露出了心满意足的微笑。